フーゴ・フォン・ホフマンスタール 著

Hugo von Hofmannsthal

アンドレアス

Andreas

マテーシス 古典翻訳シリーズ X

高橋昌久　訳

風詠社

目次

凡　例

一．本書はフーゴ・フォン・ホフマンスタール（1874-1929）による *Andreas* を Hugo von Hofmannsthal, *Andreas*, Kindle Edition, 2011. を底本として高橋昌久氏が翻訳したものである。

二．表紙の装丁は川端美幸氏による。

三．小社の刊行物では、外国語からカタカナに置換する際、原則として現地の現代語の発音に沿って記載している。例外的に、古代ギリシアの文物に関しては訳者の意向により古典語の読みで記載している。

四．「訳者序文」の前の文言は、訳者が挿入したものである。

五．本書は京緑社の kindle 版第三版に基づいている。

Diesen Torso des vielleicht schönsten Romans deutscher Sprache

(Stefan Zweig "Die Welt von Gestern")

恐らくドイツ言語による最も美しい小説と言うべき未完のトルソー

(シュテファン・ツヴァイク「昨日の世界」)

訳者序文

元々このホフマンスタール著の「アンドレアス」を私は訳すつもりはなかった。ホフマンスタールは知ってはいたが、どの作品も読んだことがない。

翻訳の仕事が終わり、結構な休息を取って何げなくiPadの電子書籍の一覧からシュテファン・ツヴァイクの名著「昨日の世界」をめくっていたら、ホフマンスタール並びにこの作品についての言及があった。と言ってもその分量は多くなく、「アンドレアス」はせいぜい二行くらいであった。だがツヴァイクはこの作品をドイツ語で最も美しく書かれた未完散文としており、私の興味をそそったものであった。未完というだけあって、分量も多くなく、細かく吟味しないといけない知識、比喩、伏線等もないと判断し、翻訳に取り掛かった。

この作品そのものに対する私なりの意見を言えば、まずこの作品は一応作者は完結させたような体を取っていると私は捉えている。つまり漱石の「明暗」のような作者が突然の死去によりバサッと物語が中断し擱筆になったというのではなく、どこか終わらせたような印象をこの作品に受ける。アイディアがなくなったのか、単に飽きたのか、はたまた全く別の要因なのか作者はどうして未完にさせたのかはわからないが、どこか意図的なものは読み終わってみると感じさせる。
もう一つ言うとすれば、この作品には得体の知れないエネルギーがあるということである。中盤の独りで山頂に登った時を筆頭に、鬼気迫るような、混沌としたものがあり、それが読み手を虜にする。それはツヴァイクの述べたドイツ語の美しさからくるものだろうか?言語だけに留まらないものと私は考えている。だがそれ以上の深い考察は読み手に委ねたい。

高橋　昌久

アンドレアス

我等の只中に、男女の魔法使い住まいき
されど彼ら知る人なし（アリオスト）

「順調、順調」と若き紳士のアンドレアス・フォン・フェルシェンゲルダーが、一七七八年九月十二日に船頭が鞄を石の階段に置き、船が岸から出ていっている時に考えた。「本当に順調だ。こんな何の前触れもなくここに私が置き去りにされるなんてな。ヴェネツィアには乗り物なんてありゃしないし、荷役人がここを通るというわけでもあるまい。こんな寂れた、人っ子一人いない場所にな。朝の六時にロサウアーレンデかヴァイスゲルバーあたりで、ウィーンなんか全然知らない奴が駅馬車から放り投げられたようなものだな。確かにここの言葉は知っているが、それだけで何ができるのか？ここの人たちにいいようにやられてしまうじゃないか！自分の家でぐっすりと眠っている見知らぬ赤の他人に何と話し掛けるだろうか？とんとんとその人を叩いて『お隣さん？』とでも言うのか？そんなことするはずがないことは当人が分かっている。そう考えている間に、足音が聞こえてきて、それは朝の静けさにおいて石の地面を踏んだ鋭くはっきりとした音であった。それが自分の間近にくるまでは随分と時間がかかったが、やがて町通りから仮面をつけた男が姿を現してやってきた。マントで身をしっかりと包み、それを両手で合わせて、その広場を通過しようとするつもりでいた。アンドレアスは彼の前に歩み出て会釈すると、その仮面を被った男は帽子をとり、それと同時に帽子の内側に付着していた仮面もまた同時に外れた。彼はとても頼りになるような雰囲気を出していた男であり、身振りや礼儀作法から彼は第一級の階層に属していることを伺わせた。アンドレアスは行動を急ごうとした。というのも、この時間に自宅へと帰ろうとしている紳士を長く引きとどめてしまうことは不躾なことだと考えたからであった。自分がこの土地の余所者であり、ケルンテンのフィラハからウィーンを経由してここにきてゴリツィアへと向かっている旨を素早く述べた。その際、彼は自分の目的地を口にしてしまったことを余計で迂闊だったことと思い、それによって気が動転して錯乱してしまい、喋っていたイタリア語がしどろもどろになった。

相手の見知らぬ仮面の男は彼の方へととても丁寧な身振りをしつつ近寄り、困っていることは何なりと伺いましょう、と述べた。この動作をしていると相手のマントの前部分がはだけてしまったのだが、アンドレアスはその際この礼儀正しい紳士はマントの下にシャツ一枚しか着ておらず、それ以外は溜め金のない靴にずり落ちた膝靴下くらいしか身につけておらず、彼のふくらはぎが半分露出していた。すぐに彼はこの紳士に、この朝の冷たい空気の中そちらを引きとどめるようなことはしたくありませんのでどうか家へと帰宅なさってください、私なら誰かが宿でも貸部屋でも教えてくれることでしょうから、ということを述べた。仮面をつけたこの紳士はマントを腰のあたりにさらに締め付けて、自分は全く急いでいない身分であると強く言った。アンドレアスは自分が相手の部屋着を見てしまったことに相手は気づいたのだと考えて、完全に思考が錯乱していた。朝の空気が冷たいなどという馬鹿げた発言をして動転してしまったため、彼の体温も熱くなってしまい、彼もまた思わず自分の旅行マントの前部分を露出してしまった。その間でも、相手のヴェネツィア人は最も丁寧な礼儀作法に適いながら、女王陛下マリア・テレジアの臣下のお役に立つことができることは喜びであると示し、なんといても自分は既に多数のオーストリア人の方々、例えばハンガリー歩兵連隊長のライシャハ男爵やエスターハージ伯爵等々と昵懇の関係を結んでいるのだから、それだけその喜びも格別なものとなると伝えていた。彼の口にしたこれらの有名な名前を異国の人物であるにも拘らずとても好意的な口調で述べたことは、アンドレアスの彼に対する信頼感を湧き上がらせるに十分であった。もちろん、アンドレアスはそのような著名な名を知っていただけで、せいぜい少し相手の姿を見ただけというものであった。というのも彼は小貴族、いや零細貴族であったに過ぎないからだ。

仮面の男が異国の貴族の探しているものならすぐそこにあることをはっきりと述べたら、アンドレアスは相手の援助を断ることはもう無理だった。歩き出しつつ、自分たちがいるのは街のどの辺なのですかと尋ねると、相手はザンクト・ザムエルと答えた。さらにこれからそちらをお連れする一家は、伯爵の一家であり長女が家の外でしばらく住んでいるのでたまたま空いていたその部屋をお貸しできるとも述べた。こう話していると二人はとても狭い通りへと入り、そこにはとても高く聳えていた家が築かれていた。それは確かに貴族的なものであったが、右側の裏面は老朽しており、窓もガラスの代わりに板によって塞がれていた。仮面の男はドアを叩いて数人の名前を呼ぶと、上の階から老婆が見下ろす形で顔を出し、何の用だと尋ね、二人はあれこれと早口で話し合いを始めた。伯爵自身は既にその家から外出しておられると仮面の男がアンドレアスに伝えた。彼はいつも食料品を買い出しに行くために朝早くから外出するのであった。しかし伯爵夫人は在宅でおられるので、すぐにでも借りるための部屋について交渉し、それと同時にさっき置いてきた荷物も誰かに取りに行かせましょう、と言った。

ドアの閂が外されて開き、彼らは狭い場所にみっちりと洗濯物が干されている中庭に入り、広くて険しい石の階段を登っていった。階段は踏み減らされていてまるで窪んだ鉢のようであった。その家はどうもアンドレアスにとって好ましいものではなく、伯爵殿がこんな朝早くに食料品を買い出しに行くというのも不審な気持ちを呼び起こした。だがここへ連れてきてくれたこの男がライシャハやエスターハージの友人であったことを思うと、何もかも前向きに捉えるようになり、不安な気持ちは何らきざさなかった。

階段の上に登るとそれは相当大きな部屋へと続いており、そこの隅の一つには炉辺があり、別の隅にはアルコーブが仕切られていた。部屋に一つしかない窓にようやく大人になろうとしている娘が一人低い椅子に腰を下ろしていて、彼女の側にはもう若くはないけれどまだ美しい女性が、娘の美しい髪を結って技巧を凝らした髷を拵えようとあくせく努めていた。アンドレアスと案内者がその部屋に入り帽子をとるや否や、娘は大声を出して隣の部屋へと飛ぶようにして駆け込んでいった。そしてその痩せた顔と暗くて興奮気味だった眉がアンドレアスの印象に残った。一方で仮面を脱いだ男は、伯爵夫人を従姉妹と呼びつつ話しかけて、彼女に若くて保護してやるつもりでいる自分の友を紹介した。

短い会話が交わされた後、婦人の方は部屋の賃貸料について言及して、アンドレアスは異議を唱えることなく承諾した。何よりも部屋が通り側にあるのかそれとも中庭に面しているのかを知りたかった。というのもヴェネツィアに来たというのに中庭に面した部屋で過ごすなんてとても情けないことと考えたからだ。さらにここが街の内部なのか、それとも郊外なのかについて尋ねたかった。しかしそういったことを聞くためのきっかけを見つけることができなかった。というのも案内者と伯爵夫人との会話はどんどん続いていったからであり、さらに先ほど別の部屋へと消えていった娘がドアを揺らしつつ部屋の中から威勢よく、それならツォルツィをベッドから退けないとダメよ。胃痙攣で寝ているんだからね、と呼びかけたのであった。そして、紳士方を上へと伯爵夫人がご案内して、と述べた。その役立たずの男を部屋から追い出すのは男の子たちがやってくれることとして。しかし伯爵夫人は申し訳ないが自分は紳士方二人を部屋の上へと案内することはできず、それは従兄弟に任せることにします、と伝えた。自分はとても忙しくて手がいっぱいです、なぜならツスティーナに支度させて宝くじを引くために彼女と出かけないといけなかったのですから、と言うのだった。また名簿に記載されているパトロンの方々全員に挨拶するのを今日中に済ませないといけないことも伝えた。

アンドレアスはここでまた、パトロンだとか宝くじだとかそれらは何の話なのかを聞きたいと思った。だが、彼の助け人はそれらのことをまるで承知して受け入れているように同意するように力強くうなずき、それらについても結局尋ねるきっかけを見つけることができなかった。そして二人の双子としか思えない大人になりかかっている少年たちに連れられる形で急な木の階段を登っていくと、ニーナ嬢が使用していた部屋へと案内された。

ドアの前で少年たちは足を止めて、部屋の中から生気の欠けたうめき声が聞こえてくると、すばしっこいリスのような目で互いに見遣り、とても満足気な様子をした。カーテンが跳ね除けられている形でベッドにかかっていて、その上に蒼白な若い男が横たわっていた。

「良くなった？」と少年たちが訊いた。

「なった」と横たわっていた男はうめいた。

「それじゃあ石をどけちゃっていい？」

「どけちゃっていいよ」

「胃が痙攣した時、その上に石を置くと具合が良くなるのさ」と二人の少年のうちの片方が驚いた様子で側に立っていたアンドレアスに言って、もう片方の少年は二人で力を合わせてようやくどかせる石を、ペンキ屋が塗る絵の具の色を壁に撒き散らすように、病人から取り除けた。

アンドレアスはこの病に苦しんでいる男を自分のためとはいえベッドから放り出すのを見てゾッとしたのであった。彼は窓の方へと足を運び、半分開いていたのを完全に開いた。見下ろすと水があって、陽に当たっている漣が真向かいにある相当大きな建物の幅の広い階段に波打っていた。そして壁には疎で丸まった揺れている網があった。彼が窓から身を出して辺りを伺ってみると、さらにもう一軒の家が見つかり、そしてもう一軒がまたもや目に入った。通りは大きくて幅の広い水路へと接続していて、そこは日差しがいっぱいに注がれていた。隅っこの家にはバルコニーが突き出されていて、その上に一本の夾竹桃が立っていてその枝が風に揺られていた。もう片側には毛布や絨毯が風通しの良い窓に干されていた。大きな水路の向こう側には、美しい石像が壁へきがん龕に並んでいる邸宅が建っていた。

部屋へ戻ると先ほどの仮面の男はもういなくなっていて、一人の若い男が立っていて、部屋にあった唯一の椅子と机から絵の具の壺と汚れた筆の束を少年たちが片付けるのを監督していた。若い男は蒼白で少しだらしのない様子をしていたが、中々の美男子でもあった。彼の顔の欠点といえば、下唇の片側が下へとぐいと下がるように傾いていることであり、それが陰険な印象を見る人に与えたのであった。

「気がつきませんでしたか」とその男はアンドレアスの方を向いて言った。「あの男はマントの下にはシャツしか着ていなかったことを？靴の溜め金も切り取られていましたね。月に一回あんな感じなのですよ。それがどういうことかお分かりになりますよね？向こうみずなギャンブラーというわけですよ。それ以外どんな理由があるというのです？昨日あいつの姿を見るべきでしたよ。昨日は刺繍入りの上着、花を差したチョッキ、飾りのついた腕時計を二つ、小さな容器を身につけていて、各々の指に指輪をはめて、靴の溜め金にも随分と立派な銀製のものを使っていたのですよ。とんだ悪党です！」そして彼は笑ったが、その笑い方は上品とは言えなかった。

「あなたにあてがわれる部屋は住み心地のいいものですよ。もし他に何か助けが必要でしたなら、何なりと仰ってください。あなたにこの近くにあるコーヒーハウスを案内しても構いませんよ。私の紹介があればいいサービスを受けられますよ。そこで手紙を書いてもいいですし、知り合いを呼んでもいいですし、何でもそこで片付けてしまえますよ。まあドアを閉めた密室でしかできないというのなら話は別ですが」。そして彼はまた笑い出して、さらに二人の少年もその洒落をとても機知に富んだものと思い大声で笑った。しかし笑いながらも二人は重たい石を部屋から引きずり出すために全力を振り絞っていた。彼らの容貌は下の階にいる姉と似ていた。

「何か用事ができて、誰か頼りになれる人を欲しがることもあるでしょう」と画家は続けた。「そういう時に私にお任せいただければ光栄でありますよ。もし私がちょうどその時に不在であったならば、フリウリ生まれの人間に任せるに限ります。そういった人はリアルト橋や大きな広場で見つけることができて、彼らは農民のような田舎臭い服装をしていますからすぐにわかりますよ。彼らはとても信頼できる人間で口が堅くて、名前はすぐに覚えられ、譬え彼らが仮面をつけていたとしてもその歩きぶりとつけている靴の留め金からすぐに彼らだとわかりますよ。もしそこに何か用事があるのなら、私にぜひ仰ってください。あそこの家の塗装工としてどこも出入り自由の身分ですからね」

アンドレアスは相手は向かいにある灰色の建物について述べていることを理解した。その家は一般市民の家としてはあまりに大きすぎるが、かといって邸宅とみるにはあまりにみすぼらしいものであった。そして入口のドアの前には広々とした階段が水路に通じていた。

「私が言っているのは向かい側にある。ザンクト・ザムエルの劇場のことです。とうに存じているものかと思っておりましたよ。私たちは全員あそこで仕事をしていますからね。さっきも言いましたけど、私は舞台装置彩色者で劇のための花火職人なのですよ。そしてここのおかみさんは劇場の桟敷係で、おじいさんの方は蝋燭の芯切り係です」

「どなたが?」

「あなたがお住まいになる宿のプラムペロ伯爵ですよ、他に誰がいるというのです?娘さんが女優になったのが最初のきっかけでしてね、そこからみなさんが入っていったというわけです。さっきあったあの娘ではありませんよ、彼女の姉です、ニーナです。中々の人物でしてね、彼女の所へ今日の午後にお連れしましょう。妹の方は次の謝肉祭で初めて舞台に立つのです。少年たちはというと動物か小人の役を演じる予定です。ともかく今はそちらの荷物を見つけに行くとしましょう」

アンドレアスは一人になって、窓の鎧扉を戻して溜め金をかけた。溜め金の片方は壊れていたので、それをすぐにでも修理しようと思い立った。そしてドアの前に乱雑に残っていた絵具壺や箱を集めてはベッドの下にあった亜麻布のボロ切れを使って机からの絵の具の染みを擦り落として、表面が綺麗にピカピカになるまで磨いた。そして彼は絵の具がたくさんついたボロ切れを持って部屋を出て行き、それを置いておくための小さな空間がないか探した。すると絶好の場所に柴箒があったので、それを持って自分の部屋を掃いた。こうしている最中に、小さくて上品な鏡が傾いていたので垂直に立て、ベッドのカーテンを引いて、ベッドの足元にあった唯一の椅子に腰を下ろして、窓の方へと顔を向けた。心地よい空気がそこから入ってきて、藻類と海の新鮮なかすかな香りがその若々しい顔に触れたのであった。

自分の両親と彼らに宛てるべき手紙について考え、コーヒーハウスで手紙を認したためることとしていた。このような具合に書いてみようと考えていた。

「拝啓、お父様、お母様。私は無事にヴェネツィアに到着したことを申し上げます。偶然にも空き部屋のあった貴族一家の、清潔で風通しの良い快適な部屋に住んでおります。その部屋は路上の方へと向いていますが、下の部分は地面の代わりに水が流れていまして、人々はゴンドラに乗って通行していきますし、貧しい人々はドナウ川の荷船のような大きな巡航船に乗って通行していきます。運送屋の代わりという具合です。ですので、私はとても落ち着いた状態にいられそうです。鞭のしなる響きも叫び声も聞こえてきません」。さらに彼は、ここにはとても機転の利く召使みたいな人がいて、仮面をつけていたとしてもその人の歩きぶりや靴の留め金から誰だか言い当てることができることも言及しようと考えた。このことを知ると父親は喜ぶことだろう。というのも、異国の土地とその慣習について格別に興味を持っていて色々と知って収集したがっていたからである。自分が劇場のすぐそばに住んでいることは彼に報告すべきかどうか、アンドレアスは思いあぐねた。ウィーンにいた頃はそれはいつも熱烈に願っていたことであった。かなり昔、彼が十歳か十二歳かの時に、ヴィーデンにある無賃住宅に住んでいた二人の友人がいた。二人ともそのうちの四番目の家の同じ階に住んでいて、そこの倉庫に「常設劇場」が建設されていたのであった。彼は夕方にそこへと友人たちと一緒に赴いて、舞台装置が運ばれていくのを見て不思議な気持ちになったことを覚えている。魔法の庭園を描いたカンバス、村の居酒屋のための道具の一部。そして蝋燭の芯切り、観衆の起こす蜂のようなブンブンとした音、アーモンド菓子の売り子。そして何より、全ての楽器がごちゃ混ぜに響かせる楽音が、今でも彼の心に残っていて、まざまざと思い起こさせるものであった。舞台上の床は凸凹としていたし、幕が床にまで届かない箇所もかなりあった。そして騎士の履いていた長靴がそこを行ったり来たりしたわけである。ムーア人かライオンの両足の隙間から、あるいはコントラバスと駒と演奏者の頭の隙間から、金色の刺繍が織られている空色の靴が見えたことがある。その空色の靴は何よりも感動的なものであった。やがて、その靴を履いた人物がやってきた。その靴は彼にとってお似合いなもので、青と銀の衣装とうまく調和していた。その人物は王女であった。松明を掲げた如何わしい形をしたものが幾多もの危険として彼女を取り囲んでいた。それに対して魔法の森が彼女を受け入れて、枝から幾多もの声が聞こえてきて、猿が転がして運んできた果実からとても可愛らしい子供たちが飛び出てきて、周りを照らすように輝いていた。王女は歌い、彼女の側には道化役がいたが、二人は全く違う世界に属しているかのようだった。全ては美しかったのであり、それでいて諸刃の剣ではなかった。幕の下にただ空色の靴があった時の、ほのかな愉悦と言葉では表せない憧れが心を貫いて、泣いて、慄いて、ついには幸福になるようなあの諸刃の剣ではなかった。

　結局彼は、劇場の近くに住んでいる旨は書かないこととし、さらにこの部屋へと連れてきてくれたあの紳士の奇妙な身なりのことも言及しないこととした。もし言及したら、自分の旅で最初に知り合った人がシャツ一枚になるまで賭け事をしたろくでなしということも伝えることとなり、あるいはこの件に関して手段を弄して曖昧なものとせざるを得なくなるだろう。そして当然エステルハージに関しても言及することはできなかった。母の方はそのことに関して聞けば喜んだだろうが。他方では、部屋の家賃については伝えておきたくて、一月毎に二ドゥカートの値段で、自分の手持ちを鑑みてもそんなに高い金額というのでもない。しかし高くないからと言って何になるのだろう、自分のたった一度の愚行によってたった一晩のあいだに自分の旅の所持金の半分を喪失してしまったことに比べたら。このことに関しては絶対に両親に伝えるわけにはいかない。それ故手頃な宿で金を節約できたからといって、いい気になることはできない。彼は自分を恥じて、ケルンテンでのあの忌々しい三日間について考えないことにしたが、それでも彼の面前にあの卑劣な従僕の顔が思い浮かんでしまい、望もうと望むまいと、彼は起きた一部始終のことを、細部に至るまで初めから思い返すことになってしまった。毎日、昼夜問わず、それが彼を襲ってきたのだ。自分の記憶力を忌々しく思った。まるで皇帝と修道院学校で一緒にいたり、オリオンの星座にいた具合に。

彼は再度、フィラハの「つるぎ」という宿屋にいた。骨折れる一日の旅路に困憊してしまっていて、早くベッドで横になりたかった。だが、まだ階段も登り切らぬうちに、自分を従僕あるいはお抱え猟師として使ってくれないかとアンドレアスに言い寄ってきた男がいた。アンドレアスはそれに対して、自分は誰も必要とせず、一人で旅を続け、自分の馬の世話も昼に自分でするし、夜も宿の下男がやってくれるものとしていると答えた。だが言い寄ってきた男は彼に付き纏うのをやめず、一緒に階段を登っていき、横から彼の正面に回ろうとして、部屋のドアを入っても彼は敷居を跨ごうとし、アンドレアスはドアを閉めることができないでいた。次のように言った。「それほど高い身分である若いお方が、召使も雇わずに旅をするなんて不格好というものですよ、イタリアではそういったことにとても周囲の目が厳しくてあなたのその見栄えはみすぼらしいものとして映るでしょうよ。そして私がこれまでやってきたことは若いお方と土地をずっと回ってきたことくらいでして、ついこの前はエトムント・フォン・ペッツェンシュタイン男爵のお供をし、更にその前は聖堂参事会員であるロドロン伯爵にお供いたしました。フェルシェンゲルダーの旦那様もご存じでいらっしゃることでしょう。私が旅の案内人として彼らの先導を切って、何から何までお仕えしたのです。そうやって生計を立ててきましたさ。何もかも手配をして、何もかも準備をして、伯爵様は驚かれましたよ、こんなに金を節約して旅ができたなんて、という具合にね。そしてそれでも宿泊した宿は最良のものでした。私はスロヴェニア語やヴェルシュ語やラディン語そしてもちろんイタリア語もとても雄弁に喋ることができますし、物の適性の値段を見抜くことにも長けております。そして飲み屋や駅馬車の主人たちが何かしてきたところで何でもありません。みんながこう言いますよ。「あの男には手出しできないなぁ、何せ仕えている従僕がガッチリと守りやがるからな」ってね。馬の取引に関しても熟練していて、どんな馬商人にでも騙すことができるし、一番厄介だと言われているハンガリー人だって騙せるのだから、ましてやドイツ人やスイス人ときたら赤子の手をひねるも同然だ。それで私の平素の働きとしては、召使や床屋や鬘の拵え人としてお抱えして、更に馬車を走らせる御者や狩人や猟師として活動したり、弾を装填したりもして、あらゆるものを狩り、手紙や資料も書いたり作ったりして、四つの言語で読み書きを行うことができます。そして通訳を行います。トルコ語の言葉を借りればドラゴマンというわけですね。私みたいな人間がこうして手が空いている状態にあるのは滅多にあるもんじゃありませんよ。ペッツェンシュタイン男爵はどんな値段を払ってでも私を弟様ではなく自分に仕えさせようとしましたが、私はかねてよりフェルシェンゲルダー様に仕えようと決心していました。金のためじゃありませんよ、そんなものは二の次です。私にとってそういった初めて旅をする若いお方のお役に立ち、お喜びになってくだされば十分なのですよ。ご主人が信頼のお気持ちさえ示してくだされればそれが私にとっての給料となるのであり、それが目的で我が身を売り出すのですよ。心からの信頼を獲得するためにお仕えするのであり、金のためではない。私は帝国騎士団にいた時は我慢がならなかったものですよ、何せあそこでは金や自慢話がものを聴かせていて、信頼なんてからっきしでしたからね」。こう話すとその男は猫のように舌で自分の湿った厚い唇を舐めたのであった。

そして今度はアンドレアスが喋り始めた。「自分のために仕えてくれようとするのは嬉しいが、ここでは誰も雇いたくない。後にヴェネツィアに到着したら一時的な従僕を一人雇うかもしれない」。そう言ってドアを閉めようとしたが、最後の言葉は余計なもので細やかだが気取り過ぎてしまった。というのもヴェネツィアでは召使を雇うという気はなかったのであり、それが代償を払うこととなった。その自信なさげな口調に対してこの種の取引に自分が優位を占めていることを察知して、自分の足をドアに突き当てて閉めないようにした。そしてアンドレアスはどうしてか気づくこともなく、あたかもこいつと既に事を取り決めたと言わんばかりに、相手は自分の馬の話を喋り始めた。

「こんな機会は今日くらいしかなく今逃したらもう二度とやってきませんよ。今夜馬商人がここを通過しますけれどもその人は聖堂参事会員とお知り合いでして、とても誠実なお方で珍しくユダヤ人ではなくて、ハンガリーの馬を売ろうとしているお方です。それが今にぴったりの馬というわけです。私がそれにまたがってしまえば、一週間でスペイン流の速歩を身につけてしまいますよ。その茶馬は他の人なら九十グルデンで売るところですが、私になら七十グルデンに負けてくださいますね。私が参事会員の方々にその人の馬の取引のために大いに手を回しているので、その恩があるというわけです。そして今日の深夜になるまでには取引を終わらせておかないとね。というのもその馬商人は早起きですからね。それでそちら様の身につけているベルトからお金をすぐにでも頂きたいと思います、あるいは下に降りて旅行鞄か鞍を持ってきてくださいますかね?·それらにはたっぷりとしたドゥカーテンの金貨がきっと入っていて、縫われているのでしょうよ。というのもあなたご自身の身には必要な分しか身につけていないでしょうからね」

この人物が金銭について言及しているときの表情はとても醜いもので、その厚かましくて不潔な青い両眼の下の、そばかすのある肌の小さな皺が、漣のように動いた。アンドレアスのすぐ近くに歩み寄ってきて、その開いて湿った分厚い唇からはブランデーの匂いが漂ってきた。アンドレアスは相手を敷居の外へと追い出そうとしたが、すると相手の男もこの若い男性は腕っぷしが強いのを感じて、何も言わなかった。しかしアンドレアスはまた一言余計に喋った。相手が厚かましい態度を取っているとはいえ、こんな乱暴に接したのはあまりに粗野だと自分で感じられたのであった。こんな粗野で力づくなことをロドロン男爵はしなかっただろうと考えた。それ故別れの挨拶のつもりで、今日はもう疲れてしまったから明日の午前にまた会おう、それで今のところは何も取り決めないでおこう、と言葉を続けてしまった。

翌朝起床したらすぐにでもアンドレアスは出立しようと考えていたが、結局彼は罠に陥れられるはめになった。というのも翌朝まだ十分に明るくないのに彼は目が覚めていたのだが、その時に例の男がドアの側に立って、次のように伝えた。

「旦那様のために五グルデン分既に稼いでおりますよ。優れたあの馬をあの馬商人から六十五グルデンにまで負けて取引させて、その馬は下の中庭に今おりますよ。そしてその馬をヴェネツィアで六十五グルデン以下の値段でしか売れなかったのなら、私の給料からその分差し引いてくださっても構いませんよ」

アンドレアスはまどろみながら窓を覗き込むと、中庭に痩せ気味ではあるが元気そうな馬が立っているのを見た。すると彼は虚栄心が沸き起こってきて、従僕を後ろに連れて街中を歩いたり宿屋に入ったりできたら、それは今とは違ってなんと見栄えのよいことだろうと考えた。馬に関しても何か損をすることはなかった、安全な取引だったのだから。首が短くてそばかすのあるこの男も、よく見てみると体格が良く、頭が回るような印象を受ける。そしてペッツェンシュタイン男爵やロドロン男爵にこの男が従僕として仕えたのならば、そこらにいるような平凡な輩ではあるまい。というのもアンドレアスは、シュピーゲル通りの生まれ育った家にいる頃から、ウィーン的な空気と一緒に高い身分を有する貴族に対しては果てしない畏敬の念をたっぷりと吸い込んでいたのであり、その貴族的な社会において行われることは、祈祷においてアーメンと唱えるようなものであった。

というわけでアンドレアスは従僕を馬に乗せる形で引き連れて、はっきりと確かめて頼む前から自分の旅行鞄を鞍に取り付けたのであった。最初の日は万事順調に進んだが、今振り返ってみるとアンドレアスは憎たらしくてもの悲しいような気分になるのであった。そして記憶の中でもう一度このことを経験することはしない方が彼にとって良かったのである。しかしそれでどうにかなる、というわけでもなかった。

アンドレアスはシュピタールへと向かって、その後はチロルへと降っていくつもりであった。だがその従僕は彼に対して、左へと曲がってケルンテン州から離れないように説得した。そっちの方が通る道も遥かにいいし宿も比較にならないほど優れている、そこの人たちもチロルの奴らに比べて全然違うくらいいい人たちだと言った。そしてケルンテルンの宿の娘たちだって格別で、丸くて豊かな乳房をしていてドイツ中で有名であり、それに関して歌った歌も一つや二つではないと続け、フェルシェンゲルダーの旦那様はご存じないので、と尋ねた。

アンドレアスは黙り込んで、自分とたった五歳くらいしか年齢が違わないのにこの男の隣にいると体が火照ったり寒気がしたりした。それが彼の所以なのか、それとも他が原因なのかわからないことを恥じた。もしアンドレアスが今まで女の裸を見たことがなく、ましてや触ったこともないということをこの男が知ったら、勝ち誇ったような高慢な態度で自分を嘲っただろうし、その際の言葉も自分ではとても考えつかないようなもので投げかけてくるだろう。だがそのような事態になった場合、アンドレアスもこの男を馬から引き摺り下ろして、理性を無くした状態でそいつを一発殴ることだろう。そう考えると彼は自分の眼に血が走ってきた。

彼らは広々とした谷を馬に乗ったまま通っていった。その日は雨が降っていて、山腹は左にも右にも草が生い茂っていて、あちこちに農家や干草小屋が建っていて、上を見上げると森が聳えつつ、雲がゆったりと流れているのが見えた。昼食をとると従僕のゴットヘルフはやたらと喋った。

「若旦那様は今の飯屋の女将を見ましたかね?もちろん今では彼女に目を惹くところなんてありゃしませんが、でも今から九年前、その頃私は十六歳でしたが、彼女は私の女だったのですよ。一ヶ月ほど毎晩やりましたよ。実にやり甲斐のあるものでした。彼女は黒い髪をしていて、それがひかがみにまで降りていました」

彼はこう言って馬を促しつつ、アンドレアスに密着した状態になった。密着しすぎてはいけませんよ。この栗毛の馬は耐えられないのでね。ともかく彼女も最後は正しいお仕置きを喰らったのですよ。まあ因果応報ですな。その時私は、ある伯爵に仕えている器量のいい娘と一緒になっていたわけですけれど、そのことをあの女将が悟ってしまって、嫉妬心から病を患っている犬のように身がやつれて眼も窪んでしまったのですよ。私は当時ポルツィア伯爵のお抱え猟師をしていまして、従僕としての仕事はそれが初めてだったというわけです。そしてそれがケルンテンの人たち全員を驚愕させてしまったのですよ、何せあの伯爵が十六歳の人間をお抱え猟師として雇って、贔屓していたのですからね。しかしその伯爵様はその信頼を寄せる若い人間についてよく承知なさっていたわけです。しかしその際彼は慎重に分別を働かせる必要があったのでした。というのも伯爵様は口にある歯の数よりも多い情婦を多数抱えていたのでしてね、彼を殺してやろうと思っている夫も一人や二人ではなかったのですよ。領主もいれば農民もいて、粉屋もいれば猟師もいたというわけです。当時の伯爵様の抱えていた情婦はポルムベルクの若き伯爵夫人で、その女性がこれまた伯爵様に完全に惚れ込んでいて、同時に伯爵に仕えていたスロヴェニア人の金髪の娘も私に惚れ込んでいたのです。ポルムベルクの夫のもとで狩り立て猟に出向いたときのこと、その伯爵夫人がこっそりとポルツィア伯爵様のところへと忍び込んだのですよ。それはもう四つん這いになってあの方のところに忍び込んでいって、すると伯爵様は私に銃を手渡して自分の代わりだと誰にも気づかれずに射ってこいと命令なさったのですよ。もちろん気づかれるなんてヘマはしませんよ、何せ私の射撃の腕前ときたら伯爵様に決して引けを取りませんからね。その時、鹿用の弾丸で大きな牝の鹿を撃ったのですけれど、大体四十歩くらいの距離で若木に隠れておりましたが、辺りは暗くなっていたけれどもそいつの肩を見つけることができました。そして銃をぶっ放してそいつが卒倒したわけですが、その時同時に茂みの中から嘆いているような女の叫び声が聞こえてきたのですよ。そしてすぐにその声が納まって静かになったのは、怪我を負ったその女性が自分で自分の口を塞いだからです。私としてはもちろんその場を離れるわけにはいかないのでしたけれど、その夜にそいつのとこに足を運んでみると、傷から熱を出してベッドに横たわっておりました。すぐに察知しましたよ。彼女が嫉妬心からあの森へと駆り立てられたのです。私が例の女の従僕と一緒にいると思ってね。そして彼女は二人とも茂みの中で一緒にいるんだろうと思ったわけでさ。これはもう傑作なくらいの笑い所ですよ。彼女は私のお仕置きを食らっていながらその相手に非難を投げかけることができないのですからね。むしろ辛辣に馬鹿にされているのを黙って聞いている他なく、誰にもこのことを伝えることもできない。だから例の傷についてもうっかり転倒した際に鎌で上膝を切ってしまったとかの嘘をみんなに言うしかなかったのですよ。

アンドレアスは馬をより早く走らせ、相手もまた同様に早くさせた。相手の顔はアンドレアスの後ろに密着するくらいに近づいていて、その顔は猛っている狐の如く荒々しくて厚かましい欲望を醸し出すくらいに火照っていた。アンドレアスは、その伯爵夫人はまだ生きているのかどうかを尋ねた。

「ああ、彼女はその後も多くの男性たちに恵まれて、今でも二十五くらいに見えますよ。その方についてならいくらでも話すことはありますよ、そもそもこの辺の邸宅におられる高貴な女性たちは、ちゃんとしたやり方で口説きさえすりゃ、農民の女たちが指一本出すところを彼女たちは腕を丸ごと差し出すような奴らですよ、さらに腕以外のものも差し出します」

今では完全にアンドレアスの後ろではなく真横に彼は馬を走らせていたが、アンドレアスはそのことを気に留めなかった。その男はアンドレアスにとって蜘蛛のように悍ましい存在と感じたが、相手の話を聞いているとアンドレアスの二十二歳の血が沸き立つのを感じ、彼の心はあてもなく彷徨うのであった。彼は今晩、ポルムベルク家の邸宅にもし到着して、他の客たちと一緒に待ち構えられていたのならどうしようか考えていた。狩猟を終えて獲物を捕らえる必中の射撃を見せていたなら、どうなるだろう。美しき伯爵夫人が彼の方へと近づき、自分が射撃をしている間に彼女が自分に目線を注いでいたなら、それは自分が野生動物の生殺与奪を握っているのと同様に、彼女もまた自分のそれを握っているのだ。すると彼らは突然、人気のない部屋で二人きりになる。自分が伯爵夫人と二人っきりで、壁は分厚く、部屋は死んだように静か。彼は戦慄するが、そこにいるのは一人の女性なのでありもはや伯爵夫人ではない。そして自分も紳士ではなく、慇懃な振る舞い、実直な礼儀、美しい作法というのももはやない。

あるのは荒々しい行為であり、暗闇の中の殺戮である。あの男は自分の真横にいて口を大きく開いたまま、寝間着に着替えて忍び寄ってきた女を撃つのだ。自分は伯爵夫人と一緒に食堂に再度戻りたくなり、そこでは全てが楽しく端正であり、自分の思考もまた活気が戻る。こう考えていると彼は自分の馬の速度をつい落としてしまい、それと同時に従僕の方は蹴躓いてしまった。罵りの言葉が彼の口から出てきたが、それは自分の主人に対して言ったというよりも、今までの人生で対等な関係を築いている者に対して言ったかのような感じだった。アンドレアスは相手のその言葉を叱責しなかった。彼は今はとても眠くて、走っているこの広々とした谷も味気なくて嫌気を刺すばかりであった。空の雲も袋のように垂れかかっているようで不格好だった。彼はこれらのようなことを自分がもっと若い時にとっくに体験していて、自分がもっと歳を重ねていてすでに子供がいて、この男の代わりに自分の息子が一緒にヴェネツィアへと走っていたらいいのに、と考えた。そしてその息子が自分とは全然違う人間で、男性そのものと言えるほどの男性で、日曜の朝鐘の鳴る音が聞こえてきて全てが澄み切っていて健やかだったら、と願った。

次の日に走った道は、登り坂であった。谷に通路は狭まっていき、坂も急になっていった。上には時折教会や数軒の家の姿が見えて、その下には騒めく水が流れていた。雲は動いていて、時々日差しが剣のように川の方にまで差し込んでいて、柳と榛はしばみの間にある石がその日差しで白く照らされていて、水の方は緑に輝いていた。するとまたもや辺りが暗くなり驟雨が降り注いだ。調達したばかりの馬は百歩くらいで足取りが鈍くなっていった。両眼も濁っていて、頭もずっと老いたようになり、その馬そのものがまるで別の存在に変化したかのようであった。ゴッドヘルフは悪態をついて、「驚くことじゃありませんよ、馬の足が疲労してくる夜の時間帯の薄暗い道で、大した理由もないのに馬の手綱を突然引くんですからね、そりゃあ後ろの乗り手は転倒してしまうもんでさ。そんなことを見たのは今までありませんよ、これが帝国騎兵隊でのことなら背が曲がるくらいの刑罰を喰らうことになりますぜ」

アンドレアスは今回も相手を叱ろうとはしなかった。というのもこいつは馬についてはよく理解しているからだ、と彼は考えた。こいつは鹿毛の馬について責任を感じていてだからこそ、こうして癇癪を鳴らすのだろう。しかし、仮に自分がペッツェンシュタイン男爵だったらこんな口調では言わなかったのではないだろうか。それほどの身分ではない自分だからこそ、こう怒られるのではないだろうか。男爵のような大人物に対しては、従僕は体の隅々にまで平伏するほどの畏敬の念を持っているのだろう。だがこちらにはそんなものを呼び起こすものなど何もなく、そうさせるような態度を無理やり取ろうとしたところで、似合わぬ無益なことだろう。ともかくヴェネツィアにまでこいつと一緒に行って、そこについたらこの馬を売っぱらって、たとえ買値の半分の値段で売ることになったとしてもいいから、この男の給料を支払うとしよう。こいつは確かに一人で十人分の働きをするが、それは他の主人の下に仕えさせるべきだろう。

馬の速度を今やゆっくりにする必要があった。というのも、馬の頭が項垂れてぐったりしている様子であり、ゴッドヘルフの顔は膨れ上がって激怒した状態にあった。彼は眼前にある通りの傍らにある大きな農家を指差した。そしてそこで馬から降りよう、こんなにこいつがぐったりしているともう百歩も進めませんや、と述べた。

建物は立派と形容するだけでは足りなかった。建物全体を石の壁が四角に巡らされていて、各々の角に頑丈な塔が取り付けられていて、石に覆われていた扉には紋章が掲げられていた。アンドレアスは、ここには領主が住んでいるに違いないと考えた。二人は馬から降りた。ゴットヘルフは馬を二頭とも手で曳行したのだが、鹿毛の方の馬はドアへと連れて行くというより無理やり引っ張っていくという具合だった。庭では肥溜の上に大きくて綺麗な一羽の雄鶏が多数の雌鳥を従えていたが、人は誰もいなかった。もう片側には泉から水が少し流れ出てきていて、壁の下でイラクサと黒イチゴの間を通る形で水路を形成していた。そしてその水路に小さな家鴨たちが泳いでいた。小さくいかにもな礼拝堂がそこに建っていた。その裏側に木格子に囲まれた花が数多く咲いていた。こうしたものは全部壁の内側にあったのである。庭へと続いていく道は舗装されていて、馬の蹄がそこを歩く際にカタカタと音を立てた。その道は門から家までうねった大きな形をしていて、さらにそこから家の中を通り抜けていって、厩はその家の裏手にあるに違いなかった。

そこで二人の下僕たちが若い下女一人と一緒に近づいてきて、そして農主自身がやってきた。

農主は背が高くてその外見は四十をそう超えないという感じで、すらりとしていて美しい顔立ちをしていた。客人たちの馬のために納屋が割り当てられ、アンドレアスには上の階の快適な部屋が用意された。たとえ不意の来客があったとしても、彼らを接客するにあたって決して狼狽することのない、あらゆる点で裕福な家だと伺わせるものであった。農主は小柄な鹿毛の馬を一瞥して、そしてその馬に歩み寄って行って、前脚の間からその馬を覗いてみたが、言葉は何も発しなかった。二人の来客はすぐに昼食のテーブルへと呼ばれた。その部屋は立派な丸天井をしており、壁には十字架に張り付けられたキリストの木彫りの像が飾られていて、その様は壮大であった。テーブルの角のうちの一つに、料理が運ばれてきた。下僕と下女はすでに手にスプーンを握っていて、上座には農主の妻が座っていた。彼女は恰幅の良い体で端正な顔立ちをしていた。とはいえ夫ほどに美しくもなければ陽気でもなかったが。彼女の側には娘が座っていて、彼女も母と同じくらいの体格だが、まだあどけない様子で、表情は母と同じようであったが一呼吸毎に示す陽気な表情は父に似ていた。

今こうしてアンドレアスがその食事について思い返してみると、その料理を口にして噛んでいくのが辛かったが、なんとかして飲み込まなければならなかった。というのもそこの人々はとても善良で気のおける存在であり、何もかもが素晴らしくて礼儀作法に適っていて、不安を覚える要素はなく、農主による食前の祈祷はとても素晴らしく唱えられ、農主の妻も自分の息子にするような世話を来客に示して、下男と下女も謙ってはいながらも当惑した様子はしておらず、開放的で友好的な営為をあちこちで行っていた。しかしそんな中にゴットヘルフが叢の中に若い雄ヤギのようにいて、主人がいるというのに厚顔で見下すような態度をとり、下僕や下女たちには口汚く権柄ずくで接し、ガツガツと食べて、ホラを吹いて、威張ったりした。アンドレアスは喉が縮む思いだった。こいつがすることは何もかも汚してしまい、とにかく我を張って厚顔さをあたりに撒き散らして、それが十倍の形で自分の骨身に応えるのであった。下僕たちや農主やその妻の心持ちが自分のように感じ取られるのであった。農主の額はじっと固まったように思えて、農主の妻の顔も強張って厳しい様相になっていた。アンドレアスは立ち上がってゴットヘルフの顔をぶん殴ってやり、鼻血を流して床にぶっ倒した上でその部屋から両足を持って引き摺り出してやりたい気分になった。

ようやく事が進んで、感謝の言葉が捧げられた。アンドレアスはゴットヘルフに厩へとすぐに行き、あの疲れ果てた馬を見てきて、その前に旅行鞄とリュックサックを自分の部屋へと運ぶように指示だけでもなんとか出し、その際の口調がとても鋭く断固としていたので、従僕は驚いた様子で彼を見て、ポカンとした口と怒ったような目をしながらも、その部屋からすぐに出ていった。アンドレアスは自分の部屋へと戻り、旅行鞄を掴んだ。彼は下に行って馬の様子を見ようとも思ったが、やっぱりやめる事にした。というのもゴットヘルフと顔を合わせなくて済むからだった。彼は門道にぼんやりと立っていると、半開きの扉から娘のロマーナが現れた。彼女は彼にどこへといくつもりなのかと尋ねた。アンドレアスは自分でもわからず適当にぶらぶらしていて、ただ明日出発できるかどうかを確認するために馬を見なければいけないと答えた。

「じゃあ暇だというわけね？私なんか暇がないくらいに時間はすぐに過ぎ去っていって、たまに不安になるくらいだわ。村にはもう行かれましたか？そこの教会はとても美しくて、後でお見せしたいわ。そして帰ってきたら馬の様子を見てみるといいわ。従僕たちがほかほかの堆肥を使ってその馬に湿布を当てているでしょうから」

そして二人は一緒に家の裏手を通って庭へと歩いた。牛小屋と壁の間に通路ができていて、隅櫓のうちの一つの隣に戸外へと通じる小さな扉があった。草地の上へと続いていく小さな通路を歩きながら、二人はたくさん喋った。ロマーナはアンドレアスに、両親はまだ在命でいるのか、兄弟姉妹はいるのか尋ねた。

「あら、一人っ子なの、残念ね、自分には二人の兄弟がいるわ。本来は九人のはずなんだけれど、六人亡くなってしまってね、彼らはみんな無垢な子供たちとして天国に今はいらっしゃることでしょう。在命の兄弟たちは二人の下僕を連れて、上にある森で木を伐採していますの。山小屋で暮らすのは素敵なことでしょうね。一緒に下女がいるのだけれど、来年は私もそこへと行くつもりでいるの、もう両親からも許可をもらっているのよ」

そう話しているうちに二人は村に到着した。教会が通りの傍らに建っていて、二人はそこに入っていって小声で話した。ロマーナはアンドレアスに内部全般を紹介した。銀の容器に入った聖女ラデグンディスの指骨の棺、銀のトランペットを吹いて頬を膨らませている天使たちが描写されている説教壇、ロマーナと自分の両親や兄弟たちが座る席等々を見せた。その席は最前列にあるもので、その椅子の横側には鉄製の札がフィナッツァー家専用という文字とともに掲げられていた。ようやくアンドレアスは世話になっている一家の名前がわかったというわけだ。

もう反対側のドアから彼らは教会を出て行き、その先は墓地だった。ロマーナは墓と墓の間をまるで自分の家にいるかのように通り抜けていって、アンドレアスをある墓塚へと連れていった。そこには多数の十字架が互いに接する形で差し込まれていた。

「ここに私の幼い兄弟たちが眠っているの。神様のお恵みがありますように」。そう彼女は言って身をかがめて、添えられている美しい花々の中から少ない雑草を抜き取った。そして一番前にある十字架から聖水盤をとって次のように言った。

「新しい聖水を入れてあげないと。鳥がここに降りて座っちゃって汚しちゃうのよ」

その間アンドレアスはそこに書かれている名前を順番に読んでいった。あどけない男の子の名前はエギディウス、アハツ、ロムアルトであり、あどけない女の子の名前はザビーナ、そしてあどけない双子の子供はマンズエットとリベラータであった。アンドレアスは自分の身が震えた。というのも彼らがこうも人生の早い段階で連れ去られてしまったのであり、誰もが一年とこの世にいなかったのだ。ある者はひと夏の期間だけ、ある者はひと秋の期間だけ生きたのであった。彼は父の温かみのある好意的な顔を思い起こし、母の端正な顔が厳しげで蒼白気味だったのを理解した。ロマーナが手に聖水盤を持って教会から戻ってきて、彼女は畏敬の念を込めるほどの注意を払ってその小さな容器から一滴も水をこぼさないように運んでいた。彼女のその思慮深い熱意は子供のものだったが、無意識のうちに発する愛らしさとその背丈は処女と言ってよかった。

「ここで眠っているのは私と血の近い人ばかりね」と彼女は言って、生き生きとした茶色い眼で墓地を見渡した。彼女がここにいることは快適なものであり、その快適さは父と母の間で食卓に座り、整った口にスプーンを運ぶ時と同じくらいであった。アンドレアスが眼を向けていたところに、彼女も眼を向けた。彼女の眼差しは動物のようにしっかりとしたものであり、アンドレアスの目線がさすらっていても、すぐにその視線を捉えることができた。

教会の置かれている土地を囲んでいる壁の、フィナッツァー家の墓の裏側に大きな赤色がかった墓石が置かれていて、そこに一人の騎士の形をしたものが彫られていた。その騎士は頭のてっぺんから爪先まで武装していて、兜を腕に抱えていて、足元には小犬がいて、その犬が実際の生き物ではないのかと思ってしまうほどに眠っている状態にあり、その前足は紋章盾に触れていた。

「それは私たちの最初のご先祖様よ。この人は騎士だったのよ、南チロルからこの土地にやってきたのよ」。そうロマーナは言って子犬の方を指し、更に騎士の頭部の飾りから降りてきて前足に冠を持ち自分も冠を被っていたリスの方も指した。犬の出来栄えの素晴らしさといったらどんな彫刻家にもできないくらいのもので、騎士の方も素材の石は昔の硬いものだったが、それでもこうした芸術作品の方が見栄えが良かった。

「ということは、あなた方一家は貴族ということですね。そして家の上にある日時計に描かれている紋章があなた方一家の紋章ということですか?」とアンドレアスは訊いた。

「ええ」とロマーナは頷いた。「家にある本にそう言った紋章が全て描かれています。ケルンテルン貴族雑誌と言いますけど。マクシミリアン一世の時代にできた本で、見たいのならお見せすることもできるわ」

家に帰ると、彼女はアンドレアスに実際にその本を見せ、そこにある多数の兜飾りを見ては彼女はまるで子供のような様子で大いに喜んでいた。鳥の翼、跳躍する雄山羊、鷲、雄鶏、未開人、どれもこれも彼女は見落とすことなく見ていったが、何よりも素晴らしかったのは、王冠を捧げ持っているリスという自分の一家の紋章であった。それが一番素晴らしいとは言わないけれど、一番好きなのよ。彼女は彼に見せるためにページをめくっていき、じっくりと眺めさせた。

「ほらほら、今度はこれ見てよ!」と彼女は毎回言った。「この魚はまるで釣り上げられたばかりの鱒のように腹を立てているようね。この雄山羊は嫌な感じだわ」

そしてまた別の分厚い本を持ってきて、それには地獄での罰について描かれていた。地獄に落ちた者たちの責め苦が七つの大罪に応じて順列されていて、全てが銅板画を用いて描かれていた。彼女はアンドレアスに各々の画について説明して、それぞれの罰がどのようにして罪から正確に下されるのかについても述べた。彼女はなんでも知っていて、悪意や周りくどさとは無縁な状態で全て語った。それはアンドレアスを水晶の中を覗き込んでいるような気分にさせた。その中に世界全体があったのだが、その内部は無垢であり純潔であったのだ。

彼らは大きな部屋の、隅っこの窓に設置された腰かけに一緒に座って、ロマーナが壁越しに聞こえるように耳を澄ませた。

「今雌山羊たちが家にいるわ、見せてあげるから来て」

彼女はアンドレアスの手を取って、山羊係の少年がすでに搾った際の乳を入れるための桶の設置を用意し終えていて、雌山羊たちは彼の周りに密集するように集まり、その桶に自分の乳全部を乗っけようとしていた。五十頭以上いて、それらが少年を押し潰さんとせんばかりに彼の周りに集っていた。ロマーナは各々の山羊のどれもと顔馴染みという感じで、彼女がやってくると雌山羊たちは彼女の方を振り向いて、あちらへ行こうかこちらへ行こうかと決めかねる様子であった。彼女はアンドレアスに対して、どの山羊が意地悪でどの山羊がお利口か、どの山羊が一番毛が長いか、どの山羊が乳を出すかを示した。雌山羊たちもロマーナとは仲が良く、そばへと寄ってきた。壁に沿っていくとちょっとした草地があって、彼女はそこにサッと寝転がった。すると一匹の雌山羊もすぐに彼女の上をまたぐように寄ってきて、彼女に自分の乳を飲ませようとした。そして彼女が飲まないままでいるとどうしてもそこから離れようとしなかったため、結局ロマーナはアンドレアスの手を掴んだまま荷車の後ろへとサッと逃げていった。雌山羊はどこに行けばいいのかわからなくなり、彼女の後ろから悲しむようにメェと鳴くのであった。

ロマーナとアンドレアスは次に山に面している塔の方へといき、螺旋階段を登っていった。上には小さな円い部屋があり、そこにある手すりに鷲が一羽蹲っていた。堅くなっているような顔をしていて、その目は死んでいるかのようだったが、一筋の光がそこに走り、わずかだが喜びを示しつつ翼を広げて横に向かって跳ねた。ロマーナはその鳥の隣に座り、その首に手を置いて言った。

「この鷲はおじいちゃんが持ってきたもので、その時はまだ毛が殆どなかった雛だったの。鷲の巣からこういうのを持ってくるのが当時のおじいちゃんの趣味だったけど、それにはもう夢中で他のことは何もしなかったわ。遠くまで外出してあちこち登ったりすることも当時は多くて岩壁に巣がないかとにかく探し回って、見つけると酪農家やら猟師やらを連れてきて最も長い教会の梯子をつなぎ合わせて、岩壁を登って雛を取ってきたのよ。逆に網を使って教会の塔の長さくらいの深さの崖を降りていったこともあるわ。それと美しい女性と結婚することも大好きだったわね。おじいちゃんは合計四回結婚して、毎回前の奥さんが亡くなるともっと美しい女性を選んだものだわ。そしてそれも同じ血縁関係から。というのもね、彼はよく言っていたけど、フィナッツァー一家の血統より優れているものはないとのことだったの。彼がこの鷲を捕らえた時はもう五十四歳の時で、四つの教会の梯子をつなぎ合わせて九時間かけて恐ろしいくらいに深い崖を降りていったの、そして四人目のその奥さんと結婚したのはそのすぐ後のこと。元々は従兄弟の奥さんだったのだけれどその人が亡くなってしまって未亡人だったの。そしていつもおじいちゃんに憧れていたから彼以外誰にも見向きすることもなくて、結婚していた主人が飼っていた牛が暴れて死んでしまった時は喜んでいたくらいだったわ。その主人の間に可愛らしい小さな女の子をもうけていたのだけれど、臨月間近だったわけね。だから私のお父さんとお母さんは一緒に育ったというわけで、お母さんの方がお父さんよりも一歳年上。同じ血で産まれて子供の頃から一緒に育ったわけだからお互いにとても頼りにしているの。お父さんがシュピタールやチロルへと家畜を買うために遠出することもあったのだけれど、それは二泊か三泊だけのことだったの。そんな短い期間しか不在にならないのにお母さんは不安になっちゃって、いつも泣いちゃって。お父さんに身を擦り寄せて手をキスしたり、出かけていく時も手を振ったりいつまでも見送って神様への祈りの言葉を口にしたものだわ。私も結婚したら男性の方とそんな風に一緒に暮らしたいものだわ、じゃなきゃ結婚なんていやよ」

こう話しながら二人は庭を歩いていった。庭のドアの横には壁に囲まれた木の腰掛けがあって、そこにロマーナはアンドレアスを引っ張っていって一緒に座ろうと言った。アンドレアスは、この女がまるで自分が彼女の兄弟であるかのようになんでも話してくれるその態度に驚いていた。そうこうしているうちに夕方になって、片側の山に灰色の雲がさしかかってきて、もう片側には明るくて清らかな、黄金の羽毛のような黄金色の欠片が空にかかっていた。紺碧色の空に全てが動いていて、はしゃいでいる家鴨たちのいる池が火と金を撒き散らしていて、向こうにある教会の壁に絡んでいるキヅタはエメラルドのようで、そこから鶺鴒や駒鳥が出てきて甘美な鳴き声とともにざわめく空気の中で宙返りをしていた。雄鶏と雌鳥はインドの鳥のような輝きを放っていた。

だがその光景で最も美しかったのはロマーナの唇で、透き通るほどの血色をしていてそこから熱心さ絶えない天真爛漫な彼女のお喋りが閃光のように迸り、彼女の魂が高鳴っているかのようだった。同時にその茶色の瞳は、一言毎に輝くのであった。

突然アンドレアスは向こうの家の二階の出窓に、彼女の母が立っていてこちらを見下ろしているのを目にした。アンドレアスはそのことをロマーナに伝えた。鉛の枠にはめられている窓を通して、その女性の顔が不安になってこわばっているのを見て、もう立ち上がって家へと戻らないと、君のお母さんが君に用事があるかもしれないし、あるいはこうして一緒に座っているのを好ましく思っているかもしれないよ、とアンドレアスは言った。ロマーナは何も言わずただ陽気に気ままに頷いて、彼の手を引っ張ってこの人はここに座ったままでいるということを示し、母の方がそれに頷いて窓から離れていった。アンドレアスにとっては今のはとても怪訝なものに思えた。というのも彼は両親や偉い人たちと面向かっていると動転しつつ取り繕ったような態度を取ってしまうからであった。自分の母にこんな馴れ馴れしいような態度を取ったら、口にはしないにせよ母が不快な思いをしないということは考えられなかった。彼は座るのはもうやめて、もう馬の様子を見にいかなくちゃということを彼女に伝えた。

彼らが厩にやってくると、若い下女が焚いていた火のそばで蹲っていた。彼女は髪の房が熱った頬にかかっていて、従僕の方は彼女のそばにいたというより彼女の上に寄りかかっているような具合に立っていた。下女はどうやら鉄鍋で何やら調合していた。「硝石も要るわ、警官さん」と若い女がくすくす笑って、それには何か暗喩的な意味があるかのようだった。

アンドレアスと後ろにロマーナが続く形でそこに入ってくると、下僕の方は性急になんとか正しい態度をとった。アンドレアスはまだ藁の上に置いてある旅行鞄とリュックサックをすぐに自分の部屋の運ぶように命じた。

「ええ、よろしゅうございます」とゴットヘルフが言って、「じゃあまずこれを終わらせないとね、この飲み物は病んだ馬を元気にさせ、逆に元気な犬を病んだ状態にさせるんですわ」。そう言って彼はアンドレアスの方を振り向いて、思い上がったような目つきでアンドレアスの目を見た。

「馬は一体どうなってるっていうんだ」とアンドレアスは言って、厩で繋がれている馬の方へと歩もうとしたが、二歩目の足を踏み出すのを彼は止めた。というのも、結局自分にはどうにもならないことは自覚していたし、その栗毛の馬はとても哀れな様相を呈していたからだ。

「なんの問題もありゃしませんよ、明日にでもなればすっかり元気になって出発できますから」と従僕は答えて火の方へと再び振り向いた。だがアンドレアスに気づかれぬように口では笑っていた。

アンドレアスは旅行鞄を取って、まるで今従僕に命令したことを忘れてしまったかのような素振りをした。誰のためにそのようなことをしたのか、この従僕のためかロマーナのためにか、彼はくよくよと悩んだ。ロマーナはアンドレアスの後についていって上の階へと上がっていった。アンドレアスは部屋のドアを開けたままにして、旅行鞄を床に放り投げた。そしてロマーナが部屋に入ってきて、運んできたリュックサックを机の上に置いた。

「そのベッドは私のおばあちゃんのもので、彼女が子供の時からずっとここを使っていたの。ほら、とても素晴らしく塗られているでしょう?でもお父さんやお母さんのベッドの方がもっと綺麗で広いわ。それにベッドの方には聖ヤコブと聖シュテファンが描かれていて、そして足の部分には聖母マリア様の名前が書かれているわ。このベッドはもっと小さいの。というのもおばあちゃんは体格が大きくなかったからね。あなたの体格だとこのベッドのサイズが十分に大きいか分からないわね、本当に小さいんだから。私たち一家は体格が似ているからで、あなたがゆったりと寝られるかどうか確かめてみないとね。斜めになったり変な格好をして寝るなんてまともな寝方とはとても言えないわ。私のベッドは長くて幅が広くて、二人分入れるわ」

彼女は大きいが軽そうな体を素早くベッドの中へと投げ込んで、背丈をそこで伸ばして足先でベッドの木の板の部分を軽く触れた。アンドレアスは彼女の上にかがみ込んでいた。彼女が彼の下であまりに楽しくて無邪気に横になっている様は、雌山羊の下で横たわった時のそれと類似していた。アンドレアスは彼女の半分開いた口を見て、彼女の方は彼へと腕を伸ばし軽く彼を自分の方へと引っ張った。そして互いの唇が触れ合うのであった。彼は立ち上がって人生で初めてキスというものを味わったと身に染みて感じた。彼女は彼を離したら再度自分の方へとそっと引っ張って、もう一回彼とキスした。そして同じやり方で三回目、四回目のキスをした。風がドアをガタガタ鳴らし、アンドレアスは誰かが重々しくこちらを覗き見しているような気がした。ドアの方へといき廊下へと出たが、誰もいなかった。ロマーナはすぐ後ろについていた。アンドレアスは無言のまま階段を降っていき、ロマーナも気楽な様子で同様にして後ろについていく形で階段を降りていった。

下に降りると彼女の父が立っていて、年寄りの従僕に色々と指示を出していた。二番刈の干草の最後のものをどのようにして運び込むのか、最初のものがどこで干されているのか等々。娘の方は嬉しそうに父の方へと駆けて行って、父に寄りかかった。美貌の男はその大きな子供とまるで花婿であるかのように並び立っていた。

アンドレアスは厩の方へと、まるで重要な用事をこなす必要があると言わんばかりに足を運んできた。従僕が性急な様子で薄暗い場所から姿を表し、ほとんど彼とぶつかりそうになった。「おっと」とあたかも自分の主人がわからないような様子であったが、すぐさまその湿った口から多数のお喋り言葉が飛び出してきた。

「あれはすごいやつだ、馬を療養させるのを熱心に助けてくれるからね。ここではなく下地からの出身だけれど、ここの農民連中を見事に騙してるでさ。でもまあご主人にはこんなことわざわざ教える必要はないですな、物事をよくわかってらっしゃるからね。とてもピチピチで綺麗な女の子を探しちゃったんですからね。そうですよ、ケルンテルンではまあ同じような感じでさ、それでこそ人生を生きてるってことなんだ！ここには十五歳も過ぎてしまえば処女でいる女なんていやしない、大領主様の娘だろうと乳搾りの娘だろうと、同じように部屋のドアに鍵をかけるなんてしないのさ。今日はあの娘、明日はあの娘、という具合に誰しもチャンスはあるってわけさ」

アンドレアスは胸の中が熱くなり喉元からすごい勢いで込み上げてくるものがあった、しかし何か言葉を発することはなかった。そいつの口をぶん殴ってやろうと思った。どうしてそうしない？相手の方は何かに勘づき、半歩ほど後退りをした。しかしアンドレアスは心ここにあらずという具合で、瞳が震えたままにあり、ロマーナが暗闇の中で清潔なベッドで肌着の状態で座っているのが見えた。露わになっている足をベッドの上に引き上げて、ドアのノブの方を見た。彼女は彼に対してその部屋のドアを先ほど示し、隣の部屋は空いていて自分のベッドについても話してくれたじゃないか。しかし全てはまるで山の霧のように自分の前で立ち込めていた。彼はこんな考えに耽らないようにして、考えをそれから背けようと思った。意図せぬうちに彼は相手の男に背を向けていた、そしてそれでまたもや相手の勝利であったというわけであった。

夕食の時、彼は心ここにあらずという具合で、闇と光、顔と手、全てがバラバラであった。主人が果物の壺へと手を伸ばしたが、それはアンドレアス自身に伸ばしてきて、まるで自分の心臓の血管を破滅させるための手だと思ってしまい、心底彼は打ち震えた。食卓の下では下女がクックと笑って「警察さん」と声を出した。アンドレアスは「一体その名前は何だ」と怒って威圧するように尋ねた。その声は彼にとってとても馴染みのないものと思い、自分がまるで夢の世界にいて、その中で喋っている感覚にあった。遠くからは従僕が、ボサボサの頭で下品で苦虫を噛み潰したような表情をしながら彼の方をまじまじと見ていた。

その後、アンドレアスは部屋に一人でいた。彼は机の側で立っていて、旅行鞄に紐を結んでいた。煙道がその部屋にあったので蝋燭は必要なく、月の強い光も窓越しに差し込んでいたので、部屋の中のどれもがはっきりとその姿を見てとることができた。彼は部屋の物音に耳を澄ましていて、乗馬用の長靴も脱いでいた。彼は何が起こるのかわからなかった。しかし本当は分かっていたのだ。彼は立ち上がって廊下へと出て、部屋のドアの前に立った。彼は息をのんだ。二人の人間が一緒に一つのベッドで寝ていて、仲良さげに小さな声で話し合っていた。彼の感覚が鋭敏になっていたので、その内容を聞き取ることができた。領主の妻は話ながら髪を編んでいるのがわかり、同時に庭の番犬が盛んに何かを貪り食べていた。この夜中に一体誰が犬に餌を与えているのかと疑問に思ったが、もう一度自分の子供時代に戻らないといけないような気がした。当時アンドレアスは両親の部屋の隣にあった小さな部屋に住んでいて、壁に嵌め込まれた洋服棚越しに彼らの夜中の話し声が望むと望まずとも聞こえてきたのであった。今も別に耳を澄ましていたわけではないのに話し声が聞こえてきたのであり、ただ領主の夫妻に加え自分の両親の声もそれに混じって聞こえてきたのであった。両親の年齢はもちろん領主夫妻よりも上ではあったが、すごく離れているというわけでもなく、大体十歳くらい年長なのであった。十年、というのは大きな差だろうか、と彼は考えた。それだけ死に近づいているほどに彼らは生を消耗したのだろうか？話している一言一言がわざわざ口にする必要のないもので、片方が何か言ってはもう片方がそれに応えるように何かいい、真の人生はそうやって過ぎ去ってしまうのであった。領主夫妻の方の言葉は全てが仲睦まじく新婚したばかりの夫妻のように温かい血が通っていた。

突然彼は、自分の心臓に冷たい水の雫が一滴落とされたような感じに捉われた。彼らは自分とロマーナについて語っていたが、そこには何か悪意めいたものは感じられなかった。

「あの子が何をしようと好きにやらせるわ。というのも私たちの見てないところで何か馬鹿なことをする子じゃないんだからね、だって、あの子は素直な子なんだから。あの子の素直さというのはあなたから受け継いでいるの。だってね、あなたはいつも彼女にとって元気な友達であの子をそれはもう愛して下さったんだから。だから神様の御加護によって今はあんなに立派な子になったんだね」と母は言った。

「いやいや、あいつの素直さはお前からのものだ。母がいるからこそその子がいる。だからあいつが隠れたところで馬鹿げた不合理なことなんて決してしやしないさ」と父が言った。

「でも今はもう私はお婆さんになっちゃったし、あの子も見知らぬ男の後を追いかけていくような年齢にもうすでになっているわ。こんなお婆さん相手に愛を向けるなんていつか恥ずかしくなるわよ」

「何を言っているんだ、お前はいつも愛おしい存在で、むしろ時が経つにつれどんどん愛らしくなっていくばかりさ。そしてお前と結婚してから十八年というもの、今まで一度だって後悔したことはない」

「私だって後悔したことは一瞬たりともないわ、あなたのことだけ気にかけているわ」

「俺だってお前と子供たちだけ気にかけているんだ、一緒にいられるのはお前とそいつらだけさ、そいつら、生きている子供もいない子供も」

「老いた二人も幸福だったとほめそやさなければならないよ。四月のシュヴァルツバッハの氾濫した水が連れ去っていった彼らをね。彼らは一緒に谷へと流されて行って、彼らの白髪は柳の下で銀色のように輝いていたんだ。神様が特別に彼らに御計らいなさったのだ。願ったり頼んだりして生じるようなことではないよ」。

やがて部屋は完全に静かになった。ベッドで体を軽く動かしているのが聞こえてきて、おそらく互いにキスしているのだとアンドレアスは思った。彼はそこから離れようと思ったが、これだけ完全に静かになっているとどうもそんな気になれなかった。自分の両親はこれほど素晴らしい関係ではなかったこと、これほど仲睦まじい関係ではなかったことがアンドレアスに重くのしかかった。確かに両親は二人とも互いに誇りを持っていて、世間に対しても固く結ばれた関係を有していて、互いの名誉に関しても敏感で、世間的な尊敬も払われるように注意を払っていた。自分の両親に欠けていたものについて考えたけれど、結局分からずじまいだった。そう考えていると領主夫妻が一緒になって「天に在します父よ」と唱え初め、アンドレアスはすぐにそこからそっと離れていった。

彼は今はロマーナのドアの前へと逆らうこともできずに引っ張られる形で歩いて行った。だが今回は前と違って、全てがはっきりしていた。今やここは自分の家で、彼女は自分の妻であるから、彼女の隣に横たわって自分たちの将来の子供たちについて話そう。前にジブが彼女のところに赴いた時に同じように、自分のことを待っていることは今や間違いない。純潔で燃え盛るような抱擁を何回も行い、秘密の婚約も交わすのだ。彼は早足ながらも確かな足取りでロマーナの部屋のドアの前へと向かった。鍵はかかってなかった。少し押しただけでドアはそっと開いた。期待で胸がいっぱいであり、ひょっとしたら彼女が暗闇の中で起きていて自分が来ることを胸いっぱいに待ち構えているのではないかと考えた。彼はすでに部屋の真ん中にまできて、彼女は身動きしないことに気づいた。彼女の呼吸は全く音を立てておらず、自分の息もそうやって音を立てないようにして、耳を澄ましても寝ているのか起きているのか判断がつかなかった。彼の影が床に色濃く映えていて、我慢しきれずに彼女の名前を囁くところであった。もし返事がなかったらキスして彼女を起こそう。そう考えていると、ふと自分に冷たいナイフが当てられたような感覚に襲われた。大きな箪笥が黒い影を投げているもう片方のベッドで、寝ていた別の人が身を動かして一呼吸すると、寝返りを打ったのだ。白い髪の房をしたその頭が差し込んでいる月の光へと寄せていった。彼女は老いた女中であった。こうなるとアンドレアスは部屋を出ていくしかなく、足をすすんでいく際の一歩一歩の間隔は無限と言ってもいいほどの時間に感じられた。多少騙された気分で、月明かりに照らされている長い廊下を夢見心地な気分で進んでいって部屋へと戻った。

かつてないほどに安心で快適な気分を味わった。彼は窓から裏庭を眺めた。厩の上に満月がかかっていて、鏡に照らされたように明るい夜であった。犬が月光の真ん中で立っていて、その頭をとても奇妙に曲げていて、ずっと何やら回し続けていた。どうも何か大きな苦しみに耐え忍んでいたようで、もしかするとその犬はもう老いていて死期が近かったのかもしれない。アンドレアスは息苦しくなるほどの悲しみを感じた。自分はこんなに幸福なのにその生き物の苦しみにとても悲壮的に眺めているのは、自分の父の死期ももう間近に迫っていることも連想させられた。

彼は窓から離れ、両親のことについてこのように考えたら、今ではもっと真剣に厳粛にロマーナについて再度考えることができた。彼は素早く服を脱いでベッドに入り、空想の中で両親に対して手紙を書いていた。多数の考えが彼の中に押し寄せてきて、その押し寄せてきたことは全て反論の余地のないものであり、そのような手紙を両親は彼から受け取ったことは一度もないものであった。彼らは自分がもう少年なのではなく大人なのだと感じずにはいられないはずだ。もしアンドレアスが息子ではなく娘であったなら、と考え大体以下のように書き始めた。

「まだ健やかな年齢におられ、そんな中で孫をその手で抱擁し自分たちの子供の子供が健やかに育っていくことをその目で見ることができるという幸運をすでに長きにわたって享受されておられることでしょう。しかし子供が息子であったためにそういった幸福もずっと長い間待ちあぐねることになってしまいました。しかしそれこそ人生に訪れる幸福の中でも最も純然たるものであり、それ自体新たな人生と呼ぶべきものではありえません。ご両親方は自分の息子から得られる喜びはいつも瑣末なものにしか過ぎませんでした。息子はそのことをとても強く感じていて、両親はすでにお亡くなりになられてその屍の上に横たわり己の身を暖めている気がしてならないのです。今、その息子をあなた方は多大な費用をかけて外国旅行に送り出しました、何のために？異国の人々と知り合い、異国の風習を観察し、作法をより完全なものにするためにです。しかしこれらは全て所詮手段に過ぎないのです、目的のための手段に。人生の究極的な目的それ自体、つまり人生の幸福の獲得以外の何ものでもありませんが、それを素早い一歩で確実に掴み取ることができるのならば、そっちの方がどれほど実りある時間になることでしょうか。というのも今私は、神様の丁重なお導きによって一人の娘と出会ったのです。彼女は自分の幸福を請け負ってくれる人生の伴侶ともいうべき存在です。今息子がやるべきことは一つで、彼女と一緒になり満足した境地になることで、そしてそれによって両親もまた満足させることにあります」

彼の頭の中で認めたその手紙の中身は、今述べたのはほんの一部にしか過ぎなかった。自分の中から躍動するような心が勝手に湧いてきて、美麗な言い回しが鎖のように連なる形で次々に出てきた。フィナッツァー家の大した資産についてや古くから貴族の血統を引き継いでいることについて語った。その際やたらと自画自賛したりするようなことはせず、自分自身でも納得するようで、何気ないが印象深いようなやり方で喋るのであった。インキ壺と筆さえ手元にあれば、ベッドからすぐにでも跳ね出て、手紙はあっという間に仕上がったことだろう。だが眠気がいよいよ襲ってきて、先ほどまでの美しく連なった言葉群も縺れ始めた。そしてその際に、他の考えが押し流れるように入ってきて、それはとても嫌悪を感じられ不安を覚えるようなものであった。

もう深夜もだいぶ過ぎた頃だろう。彼は荒涼としたような夢へと、ある夢からまた別の夢へと、沈んでいった。これまでの人生で彼が味わったあらゆる恥や心苦しさや不安が、子供の頃に体験した記憶定かでないが風変わりなあらゆる経験を通して一緒にやってきて、そして彼はもう一度少年時代を過ごさないといけなくなったのだ。その時ロマーナが彼の前を駆け抜けていった。田舎風とも都会風とも言えない服装を彼女はしていて、襞のついた黒い緞子のスカートを履いていて足は裸足であった。そしてその場所はウィーンの人気盛んなシュピーゲル通りで、アンドレアスの両親の家のすぐ近くであった。不安な気持ちいっぱいで彼女を追いかけつつ、急いで追いかけている際は自分の不安な気持ちを隠さなければならなかった。彼女は人混みの中を押し分けて駆け抜けて行ったが、やがてその顔を彼に向けて、その顔はぎこちなく歪んでいるようであった。彼女はどこまでも走って行ったが、服が走るにつれ肉体から不規則に破れていった。するとと突然、二つの街路を繋いでいる通りぬけの通路のある家の中へと消えていった。彼は左足をなんとか許す限り彼女を追跡したのだが、というのもその左足は途方もなく重く感じられていて、舗装の隙間を歩を進めていくごとに引っかかってしまうのであった。彼もようやくその家へと入ったが、歩はゆっくりと進めねばならず、ここでの恐ろしいものが彼と相対することになっていたのだった。彼は子供の時に恐れていた眼差しは唯一無二の恐ろしさと言ってもよく、それは最初に教理問答を教わった時の目であり、その眼差しが彼を貫通するほどに向けられていて、恐怖で打ち震えてしまうほどのその小さいがぽっちゃりした手が彼を掴んだ。黄昏時に裏手の階段でいかがわしい顔をした少年が、彼に聞きたくもないような内容を話して聞かせていた。その顔が彼の頬を押しつけ、そしてその顔を彼は力一杯に薙ぎ払い、ロマーナを追うために入っていくドアへと向かった。その前に立つと、ある生き物が彼に向かってきて寄りかかった。それは彼がかつて馬車の轅でその背骨を叩き壊した猫であった。猫はしぶといくらいに中々死ななかったのであった。ということはあれだけの年月が経ったというのにまだこいつは死んでなかったんだ！

猫のその粉砕された背骨と共にそれまでに経過した年月の推移を彼は見たが、その際に父の髪が灰色にそして白色になり、また母の顔がぐったりして絶えず蒼白になっている映像もまた同時に彼の眼前に浮かんでいた。猫がこちらに近寄ってくるのはまるで蛇がにじり寄ってくるかのようであり、何よりもその猫の表情が彼にとって恐怖なのであった。しかしどうすることもできず、進んでいかなければならなかった。重々しい左足を彼は筆舌に尽くし難いほどの苦痛を伴いつつ、その動物を跨いでいった。その猫はその背中を上下に絶え間なく揺り動かしていて、下から彼は猫のねじ曲がった首からの眼差しと目があった。丸い猫の首、それは猫のようでもあると同時に犬のようでもある顔をしているが、それは肉欲と死の苦痛がおぞましく混合した形で満ち溢れていた。叫びたい気分に駆られたが、その刹那に部屋から叫び声が上がった。彼は体を傾けて、両親の衣装でいっぱいの衣服箪笥を通過しなければならなかった。殺害されようとしている生き物のように、その叫び声はより一層悍ましくなっていた。ロマーナだ、だが彼女を助けることはできない。長年の間に着古された衣装が多過ぎて、それが彼の行く手を遮っている。なんとか汗だくになりながら隙間を通っていった。心臓が高鳴った状態で彼は自分がベッドから起きた。あたりはまだ薄暗かったが、夜明け前であった。

家は騒然としていて、ドアも開いていて、その邸宅では駆けていたり互いに呼び合っている人たちのざわめきが聞こえてきた。彼のまどろんでいた魂を深い夢の世界から青白い光へと掬ってくれた叫び声がもう一度聞こえてきた。それは女性の骨身に染みるほどの泣き声と嘆き声であり、それはとても甲高いくらいの悲しみで、絶え間なく何回も繰り返されるのであった。アンドレアスはベッドから出て服を着たが、死刑執行人にトントンと叩かれて目が覚めた死刑囚のような気分であった。先ほどの夢があまりに彼に重くのしかかっていて、まるでこれから何か彼が重たい罪を犯して、それが全てまとめて白日に晒される。

彼は階段を降りて行き、家全体に悍ましいほどに響いていた声へと向かった。その声はロマーナのものかもしれないと彼は考えると、自分の血が凍りつくのを感じた。しかし、そんな火炙りにさせられている女の殉教者のような声を彼女が挙げるなんてあり得ないと考え直した。

下の階に降りると横の方へと続く小さな廊下があり、そこに家に仕える下僕と下女がいっぱいに立っていて、開いていたドアからある部屋を覗き込んでいた。アンドレアスは彼らと一緒になり、彼を部屋へと通した。部屋の入り口にて彼は立ち止まった。何か焼けたものからくる煙と匂いが彼に漂ってきた。ベッドの脚にあるほとんど裸になっている女性が縛られていて、その口から嘆きとも訴えともとれる甲高い声が絶えることなく叫ばれていた。その響きがあたかも地獄の劫罰としてアンドレアスの夢にまで奥深く穿ってきたのであった。農主がその女性の側に立っていて、農主の妻は衣装を適当にしか服を羽織ってない状態にあって、老いた従僕はポケットナイフで彼女の脚を縛っていた縄を断ち切った。手枷はもう断ち切られており、猿轡は床の上に放り投げられていた。下女の頭は壺からとった水をまだ燃えていたマットや炭になっていたベッドの後ろの脚にかけた。さらにベッドの前に積み上げられていた藁や粗朶にもパチパチと残っていた火もそれで消した。部屋にはまだとても汚れている箇所があった。

アンドレアスは今では先ほど縛られて叫んでいたのは若い下女であり、昨日従僕とベタついていたことに気づいた。そして今となっては、なにやら恐ろしいことが起きたのだと予感して、体が熱くなったり寒気が走ったりした感覚に襲われた。ようやく叫び声も鎮まり、農主とその妻が彼女にかける言葉がやがて彼女の半分錯乱していた思考を次第に落ち着かせるに至った。彼女は老下女の膝の上にぴくつきながら横になっていた。老下女は毛布を彼女にかけていた。膨れていたその顔はようやく人間的な表情に戻り始め、ついに叫んだり吠えたりするのをやめた。農主の質問に彼女が答えようとしたが、どの答えも魂を引き裂くような叫び声がその大きく開いた口から再び飛び出してしまい、それは家全体に響き渡った。あの男がお前を殴ったのかそれとも気絶させたのか、そしてその後にお前に猿轡を嵌めさせたのか、といった一連の質問を農主は投げかけた。そいつが調合して犬に飲ませた毒はどのような種類だったのか、そして犬に毒を飲ませてお前の口に嵌められていた猿轡が外れて叫べるようになるまでの間の時間は短かったのか長かったのか等々。しかし女の口からはただ天に向かって驚き叫んで神様が裁かれるように聞こえさせただけですという答えしか述べられなかった。自分がこのように縛られて自分の目が開いて見ている目の前で火をつけて、そいつは外出して、外からドアを施錠しました。その後、そいつは窓から自分が死に怯えているのを嘲笑うかのように覗き込んでいたのです。そう喋っている間にも、彼女は熱心に自分の重い罪をお許しくださいとお願いしていた。その人の名前は言われることはなかったが、アンドレアスは実際はそいつが誰なのかよくわかっていた。見たいと思っていたことを実際にここで見てしまったかのような夢見心地の気分で、従僕と下女たちの間を通っていった。誰も彼に対してなにも言わずに道を開いた。そして彼らの後ろにはロマーナがドアの影に隠れる形で立っていた。雑に服を羽織っていて、裸足で、震えていた。まるで夢の中で見たような格好とほとんどそっくりであったとアンドレアスは思った。彼女がアンドレアスに気づくと、その顔はどこまでも恐怖の表情が広がったのであった。

彼は厩へと入っていったが、若い従僕が彼の後ろをそっとつけていった。どうもアンドレアスのことを不審に思っていて追跡しようとしているようだった。厩の昨日アンドレアスの栗毛の馬が繋がれていた部分は空になっていて、鹿毛の馬が立っていたがやつれ果てた様子であった。追跡していた大柄の若い下僕は、隠し立てしない表情でアンドレアスを見ていた。そしてアンドレアスはそれに対して思い切ってこう尋ねた。

「他に盗まれたものは?」

「差し当たりありません」と従僕は答えた。「家のものが数人か盗人のやつの後を追いましたが、そいつの馬の方が速いし、おそらく二時間は早めに家から駆け出ていったものでしょうからね」

アンドレアスはなにも言わなかった。彼の馬は取っていかれてしまい、その馬の鞍に縫っていた旅行代金の半分以上も盗まれたのであった。だがそれも、この農民一家全体に悍ましい害悪をもたらして、一家の人々と今やどういう顔をすればいいのかと困惑させるほどの恥辱を感じていることに比べれば、瑣末なことだった。「この主人にしてこの僕あり」という諺が彼の頭に浮かんできて、すぐさまそれを反対にした言葉も思い浮かんだ。彼は血を浴びたような赤い顔をしながら、その隠し立てしない実直な若者の顔の前に立ち尽くす他なかった。「この馬も家から盗んでいったやつでしてね」とその若者が鹿毛を指差した。「フィナンツァー様はすぐにそれとお気づきになられたが、ただあなたにはすぐにはそのことをお伝えしないようにと黙っていたのです」

アンドレアスはそれに答えることなく階段を上っていって、部屋ではまだ手元に残っていた金を数えることもなく、フィナッツァー家に対して盗まれた財産を償うための必要と思われている金額を取り分けた。あの鹿毛のような駄馬がこの一家においてどれほどの価値があるとみなされているかわからなかったので、ヴィラハでその馬に払った金額だけでもともかく払おうとした。そしてそれからも長い間、漠然と考えながら自分の部屋の机の前で佇んでいて、ついに下の階で事の清算をしようと降りていった。

農主と話すのはしばらく待つ必要があった。というのも三人の従僕が馬に乗って盗人を追跡していったのだがちょうど帰って来て、分かったことや出会った羊飼いや旅行者から聞き知ったことについての報告を聞いていた。だが盗人を見つけて捕まえられる見込みは薄かった。農主は落ち着いた好意的な様子をしていて、それだけアンドレアスを困惑させた。

「あの馬を手元に置きたいというのですか、そして改めて私から購入したいというわけですかね？しかしあなたはあの馬を前に購入する際、適切な価格をしっかりと払ったと思っているのですがね」

アンドレアスはそのことを否定した。

「そうでないというのなら、あなたからそんなお金を受け取るなんてできませんよ。あなたは盗まれた財産を私の家へと取り戻してくださった。そしてその上、邪な従僕についても教えてくださることになり、結果として家から追放し法の下に引っ張り出すことができたというものです。そいつが私によからぬことをする前にね。あなたはまだ若くて、世間というものを知らぬお方だ。そして我らの神様が私たちにその御手を差し出してくださったのは明らかです。あの下女が白状するには、彼と一緒にいたときにあのヤクザ者の肩には焼跡があって、彼女は叫ぶのを噛み殺すように表情が蒼白になったけれど、彼女のその表情に彼が気づかなかったらあれほど人道に悖る獣のような行為はしなかったとのことです。どうか主に感謝なさってください、主はあなたをあの人殺しの脱獄囚と夜の森で一緒に過ごさないようにお救いなさったのです。昨日仰ったようにもしこれからイタリアへと向かうおつもりでしたら、明日の晩ここに御者が通る予定で、フィラハへと連れていってくれるでしょう。そしてそこからヴェネツィアへと向かうための手段が見つけられるでしょう。一日おきにヴェネツィアへと出発していますから」

御者が次の晩にやってきたが、その間の二日間アンドレアスはフィナッツァー一家の下で過ごさなければならなかった。あれだけの害をこの一家にもたらしたというのに更に世話にならないといけないというのは彼にとって居心地悪いことであった。まるで囚人のような気分だった。彼は家の中を静かに歩き回った。一家の人々は仕事に戻っていて、誰もアンドレアスに注意を払わなかった。主が窓越しに馬に乗って家から離れていくのが伺えたが、彼の妻の方は見当たらなかった。彼は家から出て、家の裏にある草地を上っていった。雲が谷に掛かっていて、全てがくすんでいて陰鬱で、まるで世界の終わりかと思われるくらいに荒涼としていた。彼はどこへ行けばいいのかわからず、辺りに積み重なるように横たわっていた角材の上に腰を下ろした。今が他の天候だったらと思い、この谷はこういう天候をいつもしているのだろうかと考えた。昨日もここにいたのにその時はまだ自分は幸福だった、と彼は考えた。ロマーナの顔を頭に思い浮かべようとしたが無理で、そのまま諦めた。そんな目に遭うのはお前だけだぞ、という父の声が聞こえてきて、その口調があまりに辛辣ではっきりとしていたから、自分の心の内側ではなく外から聞こえてきた気すらした。彼は身を起こし、憂鬱な調子で数歩進んだ。するとその声がまた聞こえてきた。彼は立ち尽くし、父の言葉に反対したい気分だった。どうして自分でもそう思ってしまうのだろう、と彼はくよくよと思い悩み、気の進まぬ足取りでノロノロと小道を上っていった。その道は昨日も辿った道で、それ故に恐怖を感じたのであった。その際、ロマーナのことについては思い浮かべずに、ただ昨日にあった耐え難いほどの鋭い感情だけを感じて、同様に午後の、そして夕方の、そして夜の、そして今朝の感情が連鎖してきた。

「どうしてこういう目に遭うのを、自分でも当然だと思っているのだろう」。そう彼は思い悩んで、霧が囲んでいた木が生い茂っている斜面の方へと時々彼は目線を向けた。その眼差しはあたかも囚人が牢獄の壁に向けるものであった。

こういった陰鬱とした苦悩の間に、ウィーンからフィラハまでの四日間の道のりにかかる費用について計算した。今ではその費用は法外なくらいに高いものと感じられた。そして二頭目の馬の代金と盗難にあった金を計算し、残金の合計をオーストリア通過からヴェネツィアの通貨へと換金した。ドゥカート単位にしてみてもその金額は乏しいものであったが、ダブロン単位だとそれはもう乞食同然であり、その場で佇んだまま彼は打ち震えて、もう帰ろうかそれともやはり旅を続けようかと思いあぐねた。このまま帰った方が良さそうな気分だったが、そうすれば両親はきっと許さないだろう。なんの甲斐も益もないのに多数の金を無駄にしてしまったのだ。両親は自分のためや自分を喜ばせるという目的ではなく、世間体や見栄えを取り繕うためにあれだけの金をくれたのだろうと考えた。知り合いや親類たちの顔が浮かんできて、それらは高慢だったり陰険だったり無関心であったり、更には親切な顔もあったのだが、自分の胸襟を開いて話せるものは一つとしてなかった。

今度は祖父のフェルシェンゲルターが思い浮かんできた。彼は同じくアンドレアスという名前で、生家から離れてドナウ川を降りウィーンへと向かった時に、持参金としてはハンカチに包んだ六クロイツァーもなく、皇帝に直接お仕えし、貴族の称号も授与されるに至った。とても美男で体格が良かったが、アンドレアスは彼の体格は受け継いでいたが、その物腰までは受け継がなかった。一家の誇りを保っていたと言える祖父の叱責を少年時代に彼は受けてきたが、実際は祖父の特徴を彼は少ししか引き継いでなかった。だが叔父のレポポルドの血が彼の首筋に脈打っていた。その叔父も彼は子供時代に不機嫌でどこか呆然とした状態にあり、乱暴で不幸気味な気質の人間として育て上げられていた。財産も蕩尽し、一家の誉れを汚していた。彼と関わり合うものは心配事や煩わしさが齎されることになったのであった。叔父レオポルドのがっしりとした体格が自分の前に立っていた。彼は赤みがかった顔をしていて、両眼も球状であった。彼が死の床で棺台に担ぎ込まれるのを見た。蝋燭が燃えていて、木に彫られたフェルシェンゲルダーの家紋がそのベッドの脚に立てかけられていた。その側には従僕が開いたドアがあって、そこから正妻だが子供のいない女性が入ってきて（彼女の旧姓はデラ・シュピナであった）、その高貴で美しい両手でハンカチを握っていた。部屋にもう一つある半開きのドアから今度は祖父の情婦が入ってきた。彼女は田舎臭さを感じさせる農民のようで丸い顔と感じ良さげな二重顎をしていて、その女の後ろから六人の息子が互いに手を握りながら入ってきて、不安気な様子で母の側を通って死にかかっている自分たちの父方に目を向けた。そして悲しみ陰鬱な気分になっている人の常のように、回想の中であるにも関わらずアンドレアスは死にゆく叔父に嫉妬を覚えるのであった。

坂を降りつつ、もう一度彼はフェルシェンゲルダー家の財産がどれほど消耗されたのかを計算し始めた。今の旅行で一家の現在の年収のどのくらいを消耗しているのかをもう一度計算し、両親の話に関して考えると塞がれる気分になった。昼食の食卓には彼の席も用意されていたが、上座にはその日は白髪の下女が座っていて料理を分配した。農主は不在で、彼の妻とロマーナも不在であった。彼はこうなることは今まで予感していて、もうロマーナとは会えないとも考えていた。アンドレアスは黙々と食べて、下僕下女たちも互いに会話を交わしたが、昨夜の出来事については誰も一言も触れようとしなかった。彼らはただ、主人がフィラハへと馬に乗って裁判所長に会いに行ったといっただけであった。老従僕は立ち上がって、御者が明日にここを通過するかもしれないからそれまで辛抱してお待ちになって欲しいと旦那様がおっしゃっていた、という旨を机の向こうに座っているアンドレアスに伝えた。

陰鬱に静まった午後であった。風が少しでも吹けばどんなに良かったことだろう。霧から丸まった大きい雲や小さい雲が形成され、それらが不動のまま垂れている様は、まるで未来永劫ずっとそうしているかのようだった。アンドレアスはまた細道を登って行って、村へと向かった。逆に降って行くことは彼にとって不愉快極まりないことであった。というのも戻る際は道を登ってフィナッツァーの家が眼前に現れてしまうからであり、そんなのは彼はとても耐えられなかった。谷の反対側の道については何も知らなかった。もし同伴者がいてくれたら、農家の犬だろうと別の動物だろうと何であれ、それがいてくれたらどんなにありがたかったことだろう。そういった者はもういないのだ、と考えた。彼の考えることは全て苦悩をもたらしたのであった。彼は自分の十二歳の少年としての姿が思い浮かび、ずっと自分を追いかけ回してくる子犬の姿が見えた。この犬が一目見た時から自分のことを主人だと思い込む従順さは理解に苦しむもので、主人がその犬を一目見ただけで彼は喜び幸福に身を動かすこともまた理解できなかった。自分の主人が怒っているように見えたら、仰向けに転がって不安いっぱいの気持ちで足を自分の方へと引っ張って、自分というものを完全に差し出すような姿勢で、なんとも形容できぬ眼差しを下から主人の方へと上げた。ある日のこと、アンドレアスはその子犬が知らぬ大きな犬の前にいるのを見て、相手の怒りを眺めて慈悲を受けようとする際のあの態勢を、自分だけに向けるものと思っていたが、その犬に対しても向けていたのであった。それを見ているとどうにも怒りが湧いてきて、その子犬を自分の方へと呼んだ。十歩ほど進んだところで、その子犬は間も無くアンドレアスの怒りの表情に気づいており、すると這うように近づいてきて、その震える眼差しをアンドレアスの顔に向けた。この卑しくて臆病な生き物である犬を彼は貶した。その犬はそう貶されつつもどんどん近づいてきた。彼は自分が足を上げて、靴の踵でその子犬の背中を叩いてしまったような気がした。その子犬が短い悲鳴を上げてその場で崩れた、それでも尻尾を振っていた。彼はすぐさま振り返ってその場を離れた。子犬は彼の方へ這い進んだ。腰は砕けていたが、それでも体が折れ曲がったまま蛇のように主人の方へと身を進めていった。彼はとうとう足を止めると、その犬はアンドレアスをじっと見つめたまま尻尾を振って死んでしまった。自分が殺したのか、それともそうではないのか、彼には判断がつかなかった。だが彼から生じたことだったのは間違いなかった。このようにして無限なる者が彼に触れたのであった。

この回想は苦悶でいっぱいだったが、それでもなおこの罪を犯した十二才の少年アンドレアスに彼は懐かしむように戻りたいと思ったのだった。ここにはないものであったなら、何でも良きものと思えた。現在の枠外にあるものなら全てに生きるだけの価値を見出せたのであった。歓喜が奇妙な形で彼に降り注いだ。下の通りにカプチン教団の修道士が一人、歩き回っているのが見えた。一つの十字架に彼は身を跪かせた。この者の魂は何と苦しみとは無縁なのだろう。彼は自分の考えを相手のその体と重ね合わせようとしたが、その人は道の角を曲がりその姿を消した。そしてまた彼は一人になった。

その谷は彼にとって耐え難いものだった。それで森へとよじ登っていった。森の木々の間をかき分けていくと気分が幾分かマシになった。湿った木の枝が彼の顔を叩いていたが、彼は飛ぶようにして進んでいき、地面に横たわっている太い朽ちた枝が歩くにつれパキパキと音を立てた。彼は飛んでいくごとに分厚い木の幹で身を隠すように進んでいき、樅の木には美しい古い広葉樹、ブナやカエデが混じっていて、これらに彼は身を隠していきさらに飛ぶようにして駆け進んでいった。やがて囚人から脱獄するように自分で自分から抜け出していった。今飛び進んでいるその瞬間のことしか意識に登っていなかった。時に自分が叔父のレオポルトであるような感覚になって、まるで森の中で農民の娘を追う牧羊神のように跳躍している気分になることもあり、また、時には捕吏が捕らえようと追跡しているゴットヘルフのような犯罪者であり殺人者であるような気がした。だが彼は我が身を救う方法を知っていた、女王陛下の足元に跪けば良かったのだ。自分が女王陛下に曝け出すのは、冒険でいっぱいの「自分」であった。

突然、実際に誰かが近くにいて自分を窺っているのを感じた。今の孤独な境遇すらも許されないのか！榛の木の後ろに蹲って、動物のようにじっと動かないままでいた。五十歩ほど自分の前にいる男が、林間の空き地で森の中を窺っていた。物音がしばし聞こえなくなると、彼は自分の営みを続けた。穴を掘っていた。アンドレアスは木から木へと身を移しながら彼の方へと駆け向かっていった。枝がパキッと音が鳴ると、相手はその仕事をやめて顔を上げた。だがアンドレアスはそれでも彼のすぐそばへと最終的には近づいた。彼はフィナッツァー家の下僕の一人に出会った。番犬を掘った穴に埋めて、土で再度穴を固めて、シャベルで均してからその場を離れた。

アンドレアスはその墓の方へと身を投げて、漠然とした考えを抱いたままその場に長い間横になっていた。「ここだ」と独り言をいった。「ここだ、どれだけ走り回ろうと無益なことなのだ、自分から逃れる術はないのだ。ある力が自分をこっちへとあっちへと引っ張っていき、自分はその力に引っ張られる形で長い道のりを辿ってきたのだが、ついにある地点でそれも終わったのだ、ここでもう進まなくても良いのだ！彼と死んだ犬との間には何かがあったが、それが何なのかは分からなかった。同時に彼とその犬の死の原因をもたらしたゴットヘルフとの間にも何かがあった。他方では先ほど埋められた番犬とあの子犬と。それら全てがあれこれ行ったり来たりして、一つの世界を紡いでいた。その世界は現実世界の背後に確かにあり、現実世界ほどには空でもなければ荒涼ともしてなかった。そして、自分に驚きを覚えるのであった。一体自分はどこから来たのだ？そしてそこには自分とは誰か別の存在が横たわっていたのだが、その存在の内部へと入らなければならないが、そのための合言葉を忘れてしまったかのようだった」

夕方が空を一条の紅色で染まらせることなく訪れて、一日の変遷における美をもたらそうにも、その変遷を示すようなものはなかった。垂れかかった雲から、荒涼とした闇が現れてきて、霧に覆われた空から横たわっている者に雨が静かに注がれ始めた。彼は寒気を覚え、身を起こしてそこを去っていった。

同じ夜に見た夢の中で太陽が輝いていた。その中で、彼は深く、更に深く木が非常に生い茂っている森の中へと進んでいきロマーナを見つけたのであった。その森は深くすすめば進むほどに輝きが増して、その中心においては全てがこの上なく暗い闇が包みつつも、この上なく輝いている光によって照らされていて、彼女が小さく隔離されていて、四方を煌めき流れ出ている水に囲まれている草地の座っているのを見出した。干し草の中で彼女は眠りに入っていて、彼女のそばにはおそらくその草を刈るために使っていた鎌と熊手が置いてあった。彼が水を渡って登っていくと彼女は身を起こして彼の方を見たが、その眼差しはまるで知らない人を見るかのようであった。アンドレアスは彼女に声をかけた。

「ロマーナ、僕が見えるかい?」

それほどに彼女の眼差しは虚ろであった。

「ええ、もちろんよ」と奇体なものを見る眼差しで言った。「ねえ知ってる?あの犬がどこに埋められたのかわからないのよ」

彼は奇妙な心地に陥った。彼女の言葉に笑わずにはいられず、それほどまでに彼女の様子がおかしいと思っていた。不安な様子で彼の方から後退りして、積み上げられていた干し草へと足を踏み込ませたが、負傷した鹿のように地面へと倒れかかった。彼女のそばへと進み、彼女は自分をあのヤクザ者のゴットヘルフだと思っているのだな、いやあるいはゴットヘルフではやはりないとも思っているのだな、と思った。彼自身、自分が誰なのかはっきりとは分かっていなかった。自分を裸にしてベッドに縛り付けた上でみんなの前に晒して、自分は盗んできた馬で逃げ出すなんていや、と訴えるように言った。彼は彼女を抱きしめて、優しく彼女の名前を呼んだ。不安で極限までに震えていた。彼は彼女を離すと、彼女は膝をついたまま彼の方へとにじり寄ってきた。

「もう一回来て」と彼女は懇願するように呼びかけた。「あなたと一緒に行くわ、たとえ行く先が絞首台であったとしても。お父さんが私を部屋に閉じ込めて、お母さんが私を引き留めても、死んだ兄弟姉妹たちが私に付き纏っても、私はそういったものは全て振り払って離れて、あなたの所に行くわ」

彼は彼女の方へと戻ろうとした。だが彼女はもう消え去っていた。

絶望して、彼は森の中へと訳も分からず駆け抜けていった。すると彼女は二本の楓の間からまるで何もなかったかのように、嬉しげに睦まじげな様子で彼の方へと歩いてきた。彼女の瞳は不思議な輝きを湛えていて、苔の上で彼女の露わになっていたその足が輝いていて、スカートの裾は濡れていた。

「なんて素晴らしいんだ君は！」と驚きながら叫んだ。

「私を抱き締めてよ」と彼女は言ってその口を差し出した。

しかし彼女を抱擁しようとすると、「ダメ」と持っていた熊手で彼を殴った。彼の額に当たり、まるでガラスにでも当たったかのような鋭く甲高い音がした。彼ははっと身を起こして、起きたのであった。自分が夢を見ていたことを理解していたが、その夢の中での真実性が彼の体内の奥底にある血管一本にまで届いてくるほどの幸福を体内に貫かせていた。

ロマーナの本質そのものが、彼に対して現実を超越した生と共に示されたのであった。彼の内部であろうと外部であろうと、彼女をもう失うことはあり得なかった。彼は、彼女が自分のために在ることを知っていたし、それ以上に彼はそう信じていたのであった。あらゆる重々しいものは吹き飛んだ。彼は蘇生した者のように現実の世界へと帰還した。もしかするとロマーナが下の方で立っていたかもしれず、ガラスの窓に石を投げつけて彼をすっかり起こしてしまったかもしれない。彼が窓の方へと走り寄ると、ガラスにはひびが入っていて、窓の枠には死んだ鳥が一羽横たわっていた。彼はゆっくりとその鳥を手にしたまま後退りして、それを枕の上に置いた。その小さな死骸は愉悦を彼の脈拍全身に迸らせ、彼がそれを自分の心臓に当てさえすれば蘇ってくるのではないだろうかという気すら感じた。無数の考えが頭に奔流しながら彼はベッドの上に腰を下ろした。幸福だった。肉体は神殿であり、そこにロマーナの実存が安置されており、過ぎ去っていく時は周りを流れつつ神殿の階段で揺らめいていた。

薄明かりの朝、家は完全に静まり返っていた。雨も降っていた。夢見の恍惚から浮かび上がると、すでに日は昇っていて明るかった。家では人々が忙し気に仕事をしていた。彼は下に降りて、一切れのパンをもらうと泉の方で喉を潤した。彼は家の中を漫然と歩き回ったが、誰も彼のことを気に留めなかった。どこへ行こうと、どこで足を停めようと、心地よい気分に彼はあった。彼の魂には不安定にならぬための重心が今やあったのだ。彼は一家の人々と一緒に食事をしたが、農主はまだ戻って来ておらず、その妻と娘ロマーナについても誰も話そうとしなかった。午後になると御者がやってきて、彼はアンドレアスを連れていく用意ができていた。だが御者の職務の都合上、夕方になるまでに出発する必要があった。そして今夜は谷を下ったところに在る隣の村で宿泊しなければならなかった。

爽やかな風が谷へと吹き込んでいた。大きくて美麗な雲が空をゆっくりと進んでいき、遠い向こう側に在る大地はキラキラと輝いていた。従僕はリュックサックと旅行鞄を荷台の後ろに置き、アンドレアスはその彼の後についていった。階段を降りたところで振り返った。自分の中から声が聞こえてきた。上の階にある彼が去ったばかりの空いた部屋にロマーナが待っているとのことだった。彼がその部屋の敷居を跨いでも彼女は見当たらなかったが、どうしていないのか理解しかねたのだった。水漆喰の塗られた壁にでも隠れているのかもしれないとも思うように部屋の隅々まで見た。だが見当たらず意気消沈したままたもや階段を降りていった。そして下の階層で彼は長い間思考が定まらないままでいて、耳をすましたのであった。外からは従僕が御者の馬車をつなげる手助けをしている声が聞こえてきた。アンドレアスは胸が締め付けられる思いだった。自分では意識せずに彼の足は厩へと運ばれていった。鹿毛の馬がそこで立っていて、耳を後ろに伏せていて病んだような顔つきで餌を食べていた。この農家の馬の何頭かが、厩に入ってきたばかりのアンドレアスの方へとその場に立ったまま顔を向けた。アンドレアスは薄暗いその部屋でどのくらい時間が経過したかわからぬまま立ち尽くしていて、そこで囀っていた音に耳をそばだてた。その部屋を小さな格子窓を通して一筋の黄金の光が斜めに差し込んできていて、それは厩の出入口にまで伸びていてそのまま消えなかった。燦然と輝いていた燕が一羽入ってきて、それにロマーナがいた。彼女は口を開いていたが、その口は濡れていて涙で咽ぶのを抑えるように震えていた。彼女が今こうして現実的に自分の前に立っていることをほとんど理解できなかった。だがそれでもやはり彼は理解したのだ。そしてそれが彼の全身を麻痺させるくらいの作用をもたらした。彼女は裸足であって、お下げ髪は後ろにかかっていて、まるで今しがた起床したばかりで彼の方へと走り寄ってきたようであった。彼は質問することができなかったししたいとも思わなかった。ただ彼女に向けて腕を宙に振り上げかかっていた。彼女は彼の方へと近寄らなかったが、だからと言って彼を避けようともせず、彼女が彼の内部にいるかのようにとても近しい存在として映った。だが彼女は自分の方に全く目を向けていなかったように思われた。ともかく、彼女は彼の方に目線を投げようとはしなかったのであった。そして彼自身の方も彼女の方へと身を寄せようとはしなかった。彼女の口からは何か言葉を発しようとしていて、彼女の両目からは涙が流れようとしていた。細い銀色のネックレスをまるで自分を絞め殺そうとせんばかりに強く引っ張って、ついに彼のことなど完全に忘れてしまったかのようであった。今や苦痛が彼女を弄ぶようにしているかのようで、アンドレアスの存在が身近にあることをもはや全く感じていないかのようだった。そしてついにネックレスは引きちぎられ、その破片は彼女の肌着の中へと滑り落ちた。残りの破片は彼女の掌に残ったままであった。その掌に残っていたものを彼女はアンドレアスの手の甲に押しつけるようにあげた。彼女の口は叫び声を上げげたいができなかったためひくひくと震えていて、そして彼の方へともたれかかろうとしたが、濡れていて痙攣していたその口をアンドレアスに当ててキスしたのであった。そして次の刹那に、彼女はその場から離れた。

　彼女がアンドレアスに与えたその銀色のネックレスの破片は、彼の手から滑り落ちて藁の上に落ちた。それを取り上げたが、彼は彼女の後を追えばよかったのかどうか分からなかった。全てがこの世界と、そして同時に心の中に生じたものであった。見知らぬものが自分の心の中へと貫いてきたことは一度だってなかったのに。そうするうちに、外から彼を呼んでいる人たちの声が聞こえてきた。二階の方にいるかもしれないから行ってこい、というような言葉も聞こえてきた。彼に全てを決める時が来たのであった。今や全てをひっくり返してしまおうか、と閃光のような考えが閃き、「自分はここにいる」と言って、従僕たちに荷物を下ろさせ、「考えを変えた」と彼らに伝えればいいのか？だがそんなことが可能であることなんてあり得るだろうか？そしてどうやってフィナッツァー家の主とその妻の前に姿を現すことができるだろうか？何を話せばいいのだ、どんな理屈を持ち出せばいいのだ？そんな取引めいたことを不遜にもして、そんな電光のように状況が変わった旨を主張するなんて、それだと一体何と似て変わらぬというのか？

　彼は荷馬車にすでに座っていた。馬がそれを曳いていたが、どうしてそうなっているのかは分からなかった。時間はそれでも過ぎ去っていくものであり、彼はここに留まることなんてとてもできなかった。だが彼は戻ってくることはできるはずである、同じ自分だが違う自分としてすぐに。さっきの首飾りが自分の指の合間にあるのが感じられて、それが全てが現実であり決して夢ではなかったという証に他ならなかった。

馬車は山を下に降っていった。彼の前には太陽とそれに照らされている広々とした大地があり、後ろには狭隘とした谷とそこに隔世している邸宅があり、すでにそこには影がかかっていた。前を向いていたが、その虚ろな眼差しには近くのものしか映っていなかった。心の眼は全力で後ろの方へと向いていたのであった。御者の声が彼を突如現実に戻し、彼の持っている鞭が空を示した。その空は夕方の澄んだ空気の中で鷲が廻り飛んでいた。アンドレアスは今ようやく、自分の目の前に広がっていた光景に気付いたのであった。道は谷間からすでに離れていて、急激に左へと方向転換していた。そこではまた別の力強い谷が眼前に開けていて、遥か下にはもはや小川ではなく河川のような広大な川が流れていて、その川の向こう側の彼方には巨大な形を成す木々を連なり生やしている山脈があり、その背後には沈もうとしているがまだ高みにある太陽があった。巨大な影がこの川の流れる谷に差し込んできて、黒みのかかった蒼い木々が山脈の引き裂かれたような麓で聳立しており、闇がかかったような滝が山峡へと激しい勢いで落ちていた。逆に高い方では、全てが融通無碍に、飾り気なく、ただひたすらに高みを目指していたようであった。険しい斜面、岩壁、そして最上部の頂は雪がかかっている様相を呈していて、言い表すことができないような輝きと清らかさを放っていた。

アンドレアスはこのような気分で自然を味わったことはなかった。彼にとっては、これらの光景は自分自身から脈打って出たものと思えたのであった。この力、上へと迸る勢い、頂のこの清らかさ。美麗な鳥が独り光の中で飛び回っていた。広げた翼でゆっくりと輪を描くように跳んでいて、そこから全てが見えていたのであった。フィナッツァー家の住んでいる谷も見えて、その邸宅、村、ロマーナの兄弟姉妹たちの墓をその鳥は見下ろしていたのであり、若い鹿や散らばっていた山羊もまた見ていたのだろう。アンドレアスはその鳥を抱きしめて、至福の喜びを持ってその鳥へと飛び上がっていた。その鳥と一体化することを強制させるものはなかったが、ただその鳥の至高の力と才分が彼の魂へと流れ込んできた。あらゆる暗さ、あらゆる停滞といったものは彼から霧散していった。遥かな高みから見え、散らばっている各々の要素を一つに結合させるような感じがして、孤独は錯覚に過ぎぬものだと思った。ロマーナはどこにでも彼と一緒にいた、彼は彼女をどこにでも連れていくことができたのだった。眼の前に聳え立ち空を支える柱のようなあの山は、彼にとって兄弟であり、兄弟以上の存在であった。山がその縹渺と広がる空間において華奢な鹿を保護し、冷却したような影でそれを包み、蒼然とした闇がそれを追跡者から秘匿している。それと同じようにロマーナが自分の中に生きていた。彼の魂は今では重心があった。彼は自分を覗き込み、ロマーナが跪いて祈るのを見た。彼女は鹿が憩うために膝を曲げて横たわった時のように、その華奢な脚を組んで跪き、その振る舞いは彼にとって言葉では形容できないものであった。輪はくっついては離れたのであった。彼は彼女と共に祈り、見上げてみれば山はその祈祷に他ならないことに気づくのであった。言葉にできぬ安心感が込み上げてきた。人生の中最も至福な瞬間であった。

彼が家の人たちのところへと降りていくと、娘のツスティーナが中年の小柄な男と熱心に商売取引をしている最中であるのを見た。彼の鼻は半月形のように曲がっていたので、その顔つきは風変わりで人の目をひくような外見を呈していて、その手には木綿の布で包んだ何かを握っていた。その包みが原因で、部屋には魚の匂いが立ち込めていた。

「ダメよ。あなたがそんな簡単に人たちから買うようにせきたてられちゃ本当にダメよ」とツスティーナが言うのが聞こえた。

「別の日だったなら、母の前で責任を遂げますけど、今日ならあなたはもう一度出かけないといけませんよ。壁張り職人のところに行くのも忘れちゃダメよ。私が言ったことに正確に従って、その職人としっかりと話をつけてきてください。くじ引きは聖母マリア様の生誕日からちょうど一週間後よ。だからその前日の晩までに祭壇を調達しておかないといけないの。少しでも何かが欠けていたら、あなたの給料から半ドゥカーテン分を控除することになります。聖体の祝祭の際に使うものと同じ祭壇のように準備してほしいの、花飾りのついた装飾を前面につけて、みずみずしく飾られた花々の間には壺が置かれて、その壺からくじが引かれるということになるの。そしてこの飾り付けにかかる料金は、全部一括にしないと。注文したものを家へと運び入れて、整理したり装飾したりするのはツォルツィに助けてもらう必要があるわね。ともかく今すぐ行ってきて、お祝いの言葉を報告できるようにうまくやってちょうだい。それと支出費を記載した帳簿は私のところに置いておいて。一通り見ますからね」

アンドレアスが入ってくると、中年男は出ていった。

「あら、いらしたのね」とツスティーナが言った。「あなたの荷物は下にもう運んでありますよ。ツォルツィが多数の人を呼んでそれをこちらに運ばせますわ。それが終わると、彼がいいコーヒーハウスを紹介して、あなたがお望みなら、私の姉のところまで連れて行きますわ。そうすると彼女はあなたとお知り合いになれてとても喜びますよ。そういう風に人に仕えるのはあの人は本当に得意なの」と彼女は言ってさらに続けた。「それはともかくとして、あなたが彼女とすぐに親密な仲になる必要は全くないわ。それはあなたに関することですし、世間には色々な人がいるのだから、どういう風に仲良くなっていくのかは自分らしく決めないとね。つまり、世界はそのあるがままに受け取れ、ということ」

彼女は竈のところへと走り寄ると、そこにパイプがあるのを見て、そこにパンを置いて焼こうとした。母と子供のためのものと思われる衣服が数点、大きな箪笥の中へと仕舞われた。猫を食器棚から追い払って、窓にいる鳥に餌をやった。

「もう一つ言いたいことがあったわ」と続けて、アンドレアスの前にしばし佇んだ。「あなたが多額の金を持っているのか、それとも銀行用の手形を持っているのかは知らないけれど、もし前者であったなら、それを商売の友達や街にいつもいる他の誰かのお知り合いに預けておくといいわ。別に信用できない人間がこの家にいるというのではないけれど、責任は負いたくないの。私にはやることがたくさんあって、家も整理整頓しないといけないし、二人の弟の勉強を見て、父の世話をしないといけないの。というのも母はたいていの時間、外で忙しいから。そして想像はつくかもしれないけれど、くじ引きのための支度に私は取り掛からないといけなくてそれで頭がいっぱいになるの。人というのはすぐに傷ついてしまうから……。申し訳ないけれど、あなたは私たちの家に宿泊するけれどあなたがくじを引くことは許されていないの。あなたはよそ者で、その点において私たちのパトロンはとても口うるさいの」

彼女はそう言っている間にも立ったまま先ほどの小さな支出帳簿を検算した。そしてそれを用いてヘアピースの巻き毛に隠していた小さな鉛筆を使ってそれを行っていた。というのも、彼女は質の良いヘアピースを身につけて舞踏会にいく支度をしていたのであった。スリッパを履いて銀色の縁をつけた薄琥珀織のスカートを身に着けていたが、他方では上半身の方は自宅用の縞模様の上着を羽織っているだけで、それは彼女にとって大きすぎるサイズで、ほっそりとチャーミングだが、決して子供のようではないその首を完全に露わにしていた。話している間にも小声で細々と計算をして、その間にもその目をアンドレアスに向けたかと思えば、炉や猫の方へと向けたりした。突然何かが彼女の頭に閃いたようで、窓の方へとサッと寄っていき、身をそこから大きく外に出して響き渡る声を下に向かうように出した。

「ガスパロ伯爵!ガスパロ伯爵!ちょっと聞いてくださいよ!言いたいことがあるのよ」

「ここにいますよ」と魚を持っていた鉤鼻の男が、思いがけずにドアから部屋へと入ってきた。

「なんだって窓から私に向かって叫んだんだい?ここにいるじゃないか」。そしてアンドレアスの方へと身を向けた。「たった今、若い異国人らしいが尊敬すべき人物として挨拶せねばならない方がおられると聞いてきたばかりです。この質素な屋根の下でも、健康に快適に過ごしていただけたらと願うばかりです。あなたが今住んでおられる部屋は私の娘ニーナのものなのです。まだニーナのことをご存知ないでしょうから、あなたが使用されるために用意したこの部屋があなたを尊敬し信頼した証であることはまだ理解しかねることでしょう。ニーナのような人物が住んでいたこの住処は、例えていうならば聖者に力を授けてくれる衣とでも言うべきものですかな。あなたは経験と体験を蓄積するためにここにやってこられたのでしょうが、この街でどんな体験をしようと、ここの壁に囲まれていれば心の憩いと魂の平静がまたもや得られることになるでしょう。この部屋に立ち込めている空気ですらも、なんというか不可侵的な徳性を有しているのです。そういった徳を犠牲にしてしまうくらいなら死んだ方が良い、というのが私の子の遵守すべき規則だったのです。しかしですが、私はそういった信条でわが娘を支援することも、それによって報いさせることもできなかったのです。私は敗北した存在だ。わが一族の高みから嵐によって落とされてしまったのです」

彼はその手でアンドレアスの腕に触れた。その白い手は男のものとしては異常なくらいに端正なもので、そのことが彼にとって嬉しくないことであった。彼は後ろに身を退いて、独特の身振りをしつつ腕を下に下ろした。そして会釈すると彼は部屋から出ていった。

ツスティーナは伯爵の話に対して感嘆していて、彼女の顔は輝いていた。確かに彼の今の喋り方は、短いながらも礼儀と表現作法の名人芸とでも言うべきものであった。老いた者が若き者に、家の主人が客に、人生の試練を潜ってきた老人が父親らしくまだ青い若者に、そしてヴェネツィアの貴族が同じ貴族に語りかけているようだった。これら全てが今の喋りに込められていたのだ。

「私の父の言葉に、どう思ったかしら?」と尋ねた。子供のように素直な喜びを感じていたので、何かの用事があって父を呼び止めたことを彼女は忘れてしまったようであった。

「どんな時にでも父はね」と彼女は目を輝かせた。「適切な言葉を見つけてしゃべることができるの。父も今まで何回も不幸にあって敵もたくさんいたけれど、彼のそのすごい才能は誰も認めないわけにはいかないわ」

今までは水銀のように忙しなくそれゆえに情緒に乏しかったのだが、今では完全に心の髄まで活気だっていて、その目は輝いていて、口もなんとも言えぬ子供っぽい熱意で動いていた。彼女の考えには何か栗鼠のようなところもあったが、それでも行儀良い小柄な婦人であったのだ。

「これで私のお父さんとも知り合いになったというわけね。そして一時間以内に私の姉とも会うことになるわ。そして当然彼女の何人かの友人たちともね。彼女の友人たちの中で最も身分の高い方がスペイン大使のカムポサグラード大公よ。その方はとても偉い男性で、スペインの国王様とお話になるときも帽子を被ったままでいるくらいなのよ。その方とお会いになるときもびっくりしないでね、まるで野獣みたいな方なんだから。それでもその人はとても偉い男性なのよ」。そして言葉を止めて続けた。「姉の友人の中には、私自身も気に入っている方がいるわ。でも自分について話してもしょうがないわね。その人は軍の大尉で、スロヴェニアの方なの。つまり軍の大尉としての権利を持っていると同時に、ハンガリーとシュタイエルマルクの牛をトリエステ経由で輸入する権利も持ってらっしゃるのよ。とても素敵な商売だわ。そしてその方自身も素敵な男性で、ニーナはその方に夢中でいるの。あの方はニーナの健康を祝して乾杯せずに食卓から離れることなんて決してないし、掲げているグラスで毎回乾杯するたびに、そのグラスを窓から水路へと投げるか壁へと投げつけたりするんだわ。そしてその日が特別な日だった場合、同じようなやり方でテーブルにあるグラスを全部叩き壊しちゃうのよ。全てはニーナを讃えるためよ。もちろん後になるとそのグラスを弁償しますけどね。これって野蛮なことじゃないかしら?でも彼の出身地ではそれが礼儀を表す最大級の振る舞いと仰ってたわ。それと彼は賭博も大好きよ。まあこれからあの方とお知り合いになるわけだし、他の人たちと同じように暮らすようになるわけね。もしあの方が私の夫だったなら、賭博の習慣はやめますけどね。そういえば」。そうチャーミングな表情をしながら、彼をまじまじと意味あり気に見て言葉を続けた。「もし誤解があったり、喧嘩や口論によって何か面倒事が起きたら、自分の意思は貫き通すことね。泣いたりして場を納めようとはしないこと。相手が男だろうと女だろうともね。そんなの子供じみた臆病者がすることよ、私にはとても我慢がならないわ。でもニーナの涙については別よ。彼女の涙は金のように本物なの。彼女が泣くときは、まるで小さな子供みたいなの。彼女の欲しがるものを拒否するなんて人の心を持っているととてもできない。だって彼女は私よりも十倍素晴らしいの、彼女は二十三で私は年下の十六なのにね。でも身の上話を聞いていても面白くないわね」と剽軽な目線をして、そう話している間にも窓の鳥を世話していた。「そのためにヴェネツィアまでわざわざ来たんじゃないんだから。下に行くといいわ、そこにツォルツィがあなたのことを待っているから」

アンドレアスがすでに階段に降りようとしていた時に、彼女は彼を追ってきた。「もう一つだけ、ちょっと思いついたことがあるの。あなたはいい人のように見えるけど、その人にはその人の第一歩に警告が必要ね。誰かからいいように喋られて手形を受けとっては絶対にダメ。自分の支払い期限よりも早い別のものを相手が差し出してきても、よ。絶対によ、分かった?」

ほんの少し、彼女はその手をアンドレアスの腕にそっと当てた。それはさっき父が自分にやった時と全く同じ身振りであった。だが二人が同じことをしても、それは同じことではない、という諺は実に正鵠を得ているものだ。とても魅力的な小さな手で、母性的で女性らしい身振りで、魅了されてしまいそうであった。再度部屋へと戻り、アンドレアスが階段を降りて行く際も、彼女が反対側からツォルツィを呼びかけている声を聞いたのであった。

「小さくて可愛らしい女性でしょう」と下の階で立っていたツォルツィがアンドレアスの思考を読んでいるかのように言った。「それはともかく、くじ引きというのは一体何なのです?」とアンドレアスは足を一歩踏み込ませるなり訊いた。「そして誰が賞を用意するのです?この一家にそのくじ引きとなんの関係があるのですか?どうも見たところ、この一家が主催者に思えますが」

画家はすぐには答えなかった。「ええ、その通りです」と彼は言ったが、とある街角を歩いて足を緩ませると、アンドレアスがそこで自分の方にやってくる光景を頭に思い浮かべていた。「そちらには伝えなければいけませんね。そのくじ引きというのは、身分が高かったり裕福でいらっしゃる方々が集う小さいグループでやるわけですがね、その第一等賞があの小さな娘さん自身というわけですよ」

「え、彼女自身ということですか?」

「別の言い方をすれば彼女の処女ですね。彼女はとてもよく出来た人で、自分の一家を悲惨さから救おうとそう常々思っていたのです。この件について彼女がどれほど立派に喋るか、参加者の募りにどれほど一生懸命に頑張ったか、あなたにもご覧に入れるべきでしたね。というのも彼女からすれば全て整然と順調に催されなければなりませんからね。昔から一家を援助していた立派な男性が、その催しのパトロンとしての座を引き受けたのです」。ここで彼は声を静めた。「それこそが先のコルフ総督であった由緒ある貴族のサクラモゾ氏です。くじを一回引くのに二十四ツェキーノもかかるのです、そしてサクラモゾ氏が承認されないだろうと思われる方はくじの参加名簿に載ってもおりません」

アンドレアスの顔が突如急激に赤らみ、目が眩んだことにより前がよく見えなくなり、自分の足元に転がっていたトマトを踏んづけてしまい、危うく転びそうになった。ツォルツィは歩きつつ半分振り向いて、彼を見た。

「こういったことは位の高い人々で行われるものでしょうね。それに開催する際の礼儀というものも心得ておりまして、決して口外しないことになっております。さもなくばお役人たちが飛んで捕まえにきますよ。それ故ここの土地出身の人々はそういった催しに余所者を参加させるのを好ましく思わないのです。でもどうしても参加したくてたまらないというのでしたら、私も一肌脱いでもいいですよ。それでひょっとするとあなたに間接的にせよくじを一回分ご用意できるかもしれません。といってもその際誰かがくじ引きの権利を譲り、代わりに代替金として少なくない金をその人に払うという、私なりのやり方に従ってもらうことになりますがね。まああなたの名前は伏せておきますが」

アンドレアスはそれになんと答えればいいか分からなかった。そして相手の方へと勢いよく身を寄せて、彼は驚いた様子で、どうして姉の方は自分の家族を助けるためにもっとマシな方法を思いつかなかったのか、どうしてそんな尋常じゃないやり方で小さな妹を犠牲にさせるというのだろうか、と訝り尋ねた。

相手は次のように答えた。「さあ、そんな尋常じゃないというほどの突飛なものではないですね、彼女のすることはね。ニーナに関してはあまり期待されるほどの存在ではなくて、そのことはあの小さな娘が一番よく理解していますよ、ニーナは主婦として家庭を治めるだけの力はなくて、彼女が今日何か贈り物をしたところで、明日にでもなれば指の間からそれが溢れてなくなってしまいますよ。彼女は確かに美人ですけれど、頭の方はとてもツスティーナにはかないませんね。まあとりあえず見ていてください。今度ウィーンから来た裕福な貴族の男性を紹介してみせますよ、グラサルコヴィッチ伯爵という方ですがね。あなたもその名前は知っていると思いますが。そしてこの男性とお近づきになるというのが何を意味するのかということも分かっていただけるでしょう。ウィーンに二つプラハに一つの邸宅を所有されていて、クロアチアで所有している土地はこの共和国全体に匹敵するくらいの広さですからね。『その男性の方の名は何と言うの』とニーナが訊いてきて名前を繰り返し教えると、小鼻をクイと上にあげるんですよ。彼女がそういう動作をとってしまうと、彼女にはもう用無しです、まるで転んだ馬同然というわけです。『その名前は卑しくて気持ち悪いわ。名は体を表すとも言うしね。どこへでもその人を連れていきなさい、そんな人と会いたくないわ』と、まあニーナというのはこんな感じの方なのですよ」

アンドレアスはそういったことも別にそこまで異常なことでもないじゃないかと思った。この友人に連れられてニーナ嬢のところへと連れられることに比べれば。しかしそのことを口にはしなかった。

彼らはある広場へとやってきた。小さなカフェの前に木製のテーブルと藁底の椅子が複数あって、そのうちの一つに座っていた、身を黒の衣装で包んでいたある男が手紙を書いていた。別のテーブルでは髭を剃った際の青い跡が顔にできていた不格好な中年男が座っていて、紐で括られていて奇妙でぶかぶかした上着を着ていたのであった。そして顔を微動だにしないまま落ち着いた様子で、若い男の話を伺っていた。この若い男はといえば、座っていた椅子とテーブルを引っ張ろうという勇気すらないようで、落ち着いた状態で椅子に腰を下ろすことができないようであった。アンドレアスはそんな彼を同情と心配心を抱かずに見ることはできなかった。

「あそこにいる二人が見えるでしょう」とツォルツィはアンドレアスに耳打ちして、アンドレアスが彼に注文してやったココアを身に寄せた。「彼らは裕福なギリシア人とその甥なのです。タバコを吸って相手を喋るがままにさせていますよ。ご覧なさいよ、あの哀れな乞食の方が身を屈めて相手の出すタバコの煙を吸わないようにしているのです。そしてもうしばらくすると、よく見ていてほしいのですが、老いた方が自分のコーヒー代を払いここから離れてしまいます、そして若い方は彼に跪くけれど老いた方はまるで犬を見るようにしか注意を払わないということになるわけですよ。若い方が老いた方の服を掴むけれど、老いた方はそいつを振り払って、まるで誰も身の周りにいないかのように歩いていく。こういった演劇を一日に何回も見ることができまして、朝では取引所の前、つまりここのことですが、夕方では河岸の辺りでね。人間というものが互いにどれだけ相手を獣のように取り扱ったり、どれだけ相手に粘着なまでに意地悪でいられるかを見るのはとても愉快なことではありませんか！」

アンドレアスは相手の言葉をほとんど聞いていなかった。というのも手紙を書いている男性の姿にとても注意を注いでいたからであった。その男性はとても背が高くすらりとしていて、小さなテーブルに身をのせるようにして手紙を書いていて、その長い両脚はなんとかかんとか地面に置けたのであった。また腕も辛うじてテーブルに置ける位に相当に長く、その長すぎる指も粗悪で音を軋ませている羽根ペンを動かしていたのである。その姿勢はとても窮屈そうで可笑しくすらあったが、その心地悪さや、それに耐えて頑張ろうとして気にしないようにしようと努めるその姿ほど、人間の本質を見事に露出しているものはないのではなかろうか。彼は忙しなく書いていて、通り風がその紙を吹き飛ばそうとしていた。それで彼は相当イライラしていただろうが、身体の隅々にまで抑制力が働かせており、こう表現すると奇妙に響くだろうが、ろくに役立つことのないと思われる生命なき事物に対して義務感があり、置かれている不愉快な状況を顧みず、その姿は比肩するものがなかった。

さらに強い風が吹いて、彼の書いていた手紙がアンドレアスの方へと飛んできた。アンドレアスはすぐに立ち上がって彼の方へと駆け寄って、その飛んできた手紙をその見知らぬ人へと渡した。相手の男性は急ぐこともなく落ち着いた様子で脇に身を屈めつつ、軽く会釈して渡されたその手紙を受け取った。アンドレアスは相手の黒い目を見るとそれは美しい目であるとは感じたが、他方で彼の顔全体は誰もそれを美しいとは思わないものだと思ったのであった。頭は体と調和が取れないくらいに大きく、その黄色がかった、病んでいるような顔つきは奇妙な形で引き攣っていて、その乾涸びた顔はかつて雨の日に通り道で見た死んだヒキガエルの顔を馬鹿げていると思いつつもふと思い起こさせるのであった。

この人物に関しては色々と知りたいとは思ったが、ツォルツィからは聞き知ろうとはさらさら思わなかった。彼は自分の方へと身を擦り寄せ耳打ちした。

「あいつがここから離れたらあれが誰なのかすぐに言いますよ。名前は伏せますがね。あなたが住まいを借りている一家の昔からの保護者と言うべき偉い男性について教えたじゃないですか、ほら例のくじ引きに関しては彼の庇護の下で行われるのですが、その偉い男性の兄弟分が今の人なのですよ。彼はマルタ騎士修道会の騎士なのですよ」。彼は続けようとしたが、手紙を書いているその男が頭を上げるとすぐに話を止めた。「とはいえ、ご覧の通り彼の服装には十字架がありませんね、十字架をつけるのは権利というだけでなく義務でもあるはずなのですが。彼は遠くまで出かけるほどの大の旅行家で、噂では東インドの奥地や中国の万里の長城にまで足を運んだことがあるみたいで、他にもイエズス会に仕えているという話もあれば他でもないフリーメーソンの一員なのだという話も耳にしています」

裕福なギリシア人とその乞食ともいうべき甥が立ち上がった。片方は冷酷な心で不格好であり、もう片方は犬のように卑従であり、その二人の光景は忌まわしいものであった。両者において人間本性というものが辱めを受けているようであった。アンドレアスにとってはこのような卑しい芝居じみたものが、騎士と思われる人物のすぐ近くで催されるなんてとても理解できないことだった。この二人の片方が荒い語気で喋り、もう片方がメソメソと泣く、そういうのを見ていると間に入り込んで棒を使ってそいつらを黙らせてやりたい気分になった。マルタ騎士は目を上げたが、その様子はまるでその二人の人間など存在しないと言わんばかりに彼らの更に向こうへと目線を向けて、手紙に封をしつつ立ち上がり若い給仕に合図した。そして給仕がすぐにやってきて会釈をしつつその手紙を受け取って、そこを去った。そして騎士の方もその場所から反対側へと離れていった。

彼は角から姿を消すと、アンドレアスにとってはもうその広場は荒涼としたものになった気がしてならなかった。ツォルツィは身を屈めてテーブルの下から一枚の折られた便箋を拾いあげた。そして彼は言った。

「ほら、風が吹いて私たちに騎士サクラモゾ殿の手紙を一枚、足元に届けてくれたのですよ。申し訳ないですが少しの間、これを騎士殿の方へと届けに行きます」

「いや、それは私がやりましょう」とアンドレアスは言った。それはまるで彼の舌が自分とは無関係に発したものであったようであった。そしてその時はすでにその手紙に手を伸ばしていたのであった。手紙を届けるというその願いが達成されれば、それには途方もない成功であるかのように思え、その紙を相手の指から引っ張り、先ほどマルタ騎士が向かっていた狭隘な通りへと走っていった。

その騎士がアンドレアスの言葉に耳を傾けて手紙を受け取った時の態度は単に優美であると形容するには足りず、それは実にこの世に比肩する者なきほどの高貴さがあったのだ。アンドレアスはその人の物腰とその人の声の響きが驚くほどの調和を見せて感じ取ることができるなど夢にも思わなかった。「ご親切にありがとうございます」という言葉が、ドイツ語で、そして間然する所なき発音で彼の唇から発せられた。その人の心の温厚さと感性豊かな顔が同時に伺え、それは魂の奥底から湧き出る親切さが顔に出ているようであった。その瞬間にアンドレアスは好意に迎え入れられるのを感じて、自分の体内にある細かい繊維に至るまで全て、高揚するような雰囲気に包まれては放たれる気分になるのであった。アンドレアスは見知らぬ彼の前で魂の抜け殻のように立っていて、我ながら自分の体が不恰好であり身のこなしもぶっきらぼうなものと思われるのであった。だが自分の体内の器官は各々同士しっかりと知覚していて、相手のゆったりとしつつも毅然としたその態度やどこか高みから見下ろすような愛想を持ちながら軽く体を屈めさせるその姿を、まるで一つの炎が別の炎へとゆらめくように、自身の内の奥深くまでに導き入れるのであった。

　彼は来た道を戻りながら、彼のあの目や声の響きをまるで永遠に失われたものとして記憶にしっかりと保持しようとぼんやりとしつつ労を折った。彼は自問した。自分は彼に以前会ったことがあるだろうか？さもなくば彼のその姿がほんの一瞬しか見ていないのにこれほどまでに脳裏に焼き付いているのだろうか？彼のような体験を自分もできるのではないか？だがそれは実に驚愕すべきことだった。というのもアンドレアスを早足だが軽やかな足どりで追ってくる人の足音が聞こえてきたというよりも感じられたからだが、それがあのマルタの騎士以外にあり得たであろうか。彼がアンドレアスに追いつくと、最も丁重な物腰で先ほど同じ愛想のよい声で、お間違えになられましたよという意味の言葉を発した。

「ご親切にも私に渡して下さったあの手紙は、私が書いたものでも私に宛てられたものでもありません。あなたのものだと思われます。いずれにせよ、その手紙をあなたが処分なさるよう、お願いせねばなりません」

　アンドレアスは困惑して思考が錯乱してしまい、曖昧模糊とした思いが胸中に湧き出て、自分の振る舞いが厚かましいと思われたのではないだろうかという恐れが、熱した針のように自分を貫いた。そういった錯乱の中、少なくとも曖昧なことを言うよりは、何かしらはっきりしたことを言ったほうがまだマシだと考えた。曖昧なことを言おうとしてもそのための言い回しは決して思い浮かばなかっただろうが。差し出された手紙を彼はまた掴んだのだが、それを彼は無意識に行い、そのような振る舞いに彼は恥じて赤くなったのであった。その手紙は決して自分が書いたわけでも自分に宛てられたものではなく、自分にはそれを処分することはできないという旨をキッパリと言い切った。マルタの騎士はそれを聞くとすぐに納得したような顔をしたのだが、それは間違いだと確信しているというよりも他人に対して絶対に押し付けがましくならないように努めている人が浮かべるような表情であった。そして他人には察知されないほどの微かな笑みが彼の顔または目に浮かび、そして再度愛想良く挨拶をした上でそこを去っていった。

「もし美しいニーナと知り合いになりたいというのなら、そろそろ頃合いですよ。彼女はもう起きているでしょうし、運が良ければ他に彼女の下に来訪者はいないでしょう。時間を遅らせると、彼女は何処かへ出かけるか友人たちと食事をしますよ」とツォルツィは叫んだ。更に彼は歩きながら尋ねた。「ところで、あの騎士とは仲良くなれて、手紙をうまく返すことができましたか?実はですね、あの道化師は手紙を毎日二回、三回、十ページにわたって書くのですが、受取人は同じ人間つまり一人の女だけなのです。そしてその女とも毎日のように直接会っているわけで、そして何より、信じられないかも知れませんが、騎士はその女の恋人では決してないのです。つまり彼女もかなりの馬鹿者ときていて、病で伏せているかどっかの教会で跪いているかのどちらかというわけです。彼女には夫も親類もいない。あの騎士が知り合いとしての唯一の人間で、彼女とああやって連絡したりするわけですが、彼女の方は世間の人々との社交など全然しないので、彼の方としても自分が彼女の愛人だという振る舞いもしないわけですね。そもそもあの騎士もこのことを誰にも知られないように隠していて、まるで相手が小娘か修道女のどちらかという風にしているのです」

「どうしてそのように、色々な人の秘密を知っているのです」とアンドレアスは不思議そうに訊いた。

「まあ色々経験するのですよ」とツォルツィは先ほどアンドレアスが不快を感じたのと同じような笑い方をして、それ以上は何も言わなかった。「ともかく、ここがニーナの家ですよ。このまま家に入りますか、いやあなたは彼女が出てくるのをしばし待ったほうがいいかもしれませんね。私が家の中へと上がって、中の具合がどうなっていてあなたの面会を許可できるかどうか尋ねてみます」

彼が入っていってからしばらくしたが、厳密にはどのくらい経過したかアンドレアスは測ることができなかった。もしかするとあの画家が階段を上がっていって、挨拶等をして、来客があるのを告げるために要する時間はこのくらい必然的にかかるものだったかも知れないし、あるいは上で待つように言われていたのでそれだけ長い時間が経過したのかも知れなかった。

アンドレアスは数歩ほど、ツォルツィが入っていった家から後退りしていって、とても幅狭い通りの外れにまで下がっていった。その通りのはずれには飛梁がかかっていて、その下は奇妙ながら石橋が水路のうえに架かっていて、その橋の先には卵の形状をした広場がありその広場には小さな教会が建っていた。

アンドレアスは来た道を引き返したが、そこは似たような特徴のない家が並んでいる場所だったので、ほんの数分その場を離れただけで、先ほどの家がわからなくなり腹立たしい気分になった。暗い緑色をしていて、イルカのような形をした青銅のノッカーがついているドアにツェルツィが姿を消していったものと彼には思われたが、そのドアは閉まっていて、ツェルツィがそのまだ開いていた時のドアから家に入っていった時のその姿がまだ眼前に浮かぶようであった。アンドレアスがもう一度あの橋の方へと行って教会の建っていたあの小さな広場を眺めたとしても、お互い逸れる恐れはないだろうと、とにかくにも彼は考えたのであった。路地にも広場にも人っ子一人おらず、足音を立てたらすぐに聞こえてしまうくらいであり、ましてやツェルツィが自分を探し出すために何度も叫ぼうものなら聞こえないはずがなかったのである。それで彼は橋を渡っていったのである。橋の下には暗い水が流れていて、その上に小舟が一艘係留していて、辺りには人の姿は全く見えず声も全く聞こえなかった。その小さな場には喪失され捨て去られた趣が幾分かあった。

教会は煉瓦によって建築されていて、高さは低く古めかしいものであった。広場に面していた正面部分には、その教会にはあまり似つかわしくない階段があった。その階段は幅が広く、白の大理石の柱廊を支えていて、碑文が刻まれている古風な破風が載っていた。それはラテン語で書かれていて、そのうち金が施された文字は大文字になっていた。アンドレアスはそれらの文字を組み合わせて年号を読み取ろうとした。彼が再度目線を下げると、自分からかなり離れたところの教会の脇の位置に、自分の方に目を向けていた女性を見つけた。その女性がどこからやって来たのか彼には全く分からなかった。教会の側面のドアから出てきたとは考えられなかった。というのも彼女はむしろ教会へと入ろうとしていたのであり、ぐずぐずと入る踏ん切りがつかなかったのか、あるいはその場にアンドレアスがいたのをみて驚き立ち止まってしまったようであったからだ。彼女がその広場に足を踏み入れて歩いた足音も、こちらに近づいてきた足音も彼には聞こえなかった。彼女は身なりの良い小ざっぱりとした格好をしているが、足音が聞こえなかったから室内履きを履いたままでいるのかについて自分でも気付かぬうちに考え込んでいて、ふと気づくとそんなことを考えるなんておかしなことだと自分自身思ったのであった。というのもどうも見たところ慎ましい社会的身分出身の若い女性以上のものではなく、頭と肩を黒い布で包んでいて、かなり蒼白だがとても可愛らしい顔をしていたからだ。そしてその黒い両目が奇妙な色合いをしていて、それは三十歩ほど自分から離れているからそう思っただけかもしれないが、ともかく何か不安げな様子をしながら見知らぬ人である自分にじっとその目を注いでいたようであった。他方で彼としてもコリント式の柱の頭を眺めているような素振りをするか、あるいは彼女のその目線に応じるべきか、ともかく彼女と同じような気分でいないといけない気がした。ともかくとして、この場にずっとじっとしているわけにもいかず、すぐに彼は足を階段の最初の段に置き、佇んでいる女性の視界から姿を消した。

だが彼が重々しげな幕を掲げて教会の内部に入っていくと、その女性は彼と同時に教会の側面のドアから入っていって、前の方にあった祭壇と面する形においてあった祈祷台の方へと近寄っていった。彼女に対しては今となっては、肉体にしろ精神にしろ病を抱えていて、ここで祈祷を唱えてその苦しみを和らげようとしているのだという印象を受けるのであった。

アンドレアスはできるだけそっと教会から離れようとしか思わなくなった。というのもその女性は自分の方へと何度も不安に怯えつつ振り向くような気がして、その姿はまるでアンドレアスのことを、苦悶に満ちて孤独な自分に対する望まぬ目撃者や侵入者であるとして見ているようなものと思われたからであった。太陽がキラキラと輝いている広場と比べるとこの教会の内部は薄暗かった。室内に立ちこもっていたひんやりとした空気は香の匂いが少し立ち込めていて、アンドレアスは辺りを窺うことなしにただその場を離れようと思っていたので、祈っていた彼女に対して殊更に窺うような目線を向けなかった。だがそれでもなお、次のことは間違いないことだった。彼女がその擦り合わせて訴えるように宙に差し出した両手と共に向けた顔は、決して祭壇に向けたものではなく、他でもない自分に対して向けたものであり、それどころか自分の方へと向かって歩いてきたかのようであった。だが彼女のその歩みを阻止する見えない力があって、あたかも彼女の体の腰から下に重たい鎖が繋がれているようであった。そしてこの時同時に、彼はうめき声が聞こえたようであった。それは小さなものであったが、決して錯覚などではなくはっきりと聞こえたのであった。もちろん次の瞬間には、その身振りはともかくとして、それが自分を意識した上で向けられたものとはただの勘違いだと思うしかなかった。というのもその見知らぬ女性は今では再度祈祷台に身を伏せていて、完全にその場にじっとしていたからである。

彼は音を立てずに少しずつ出口の方へと足を運んでいって、垂れていた幕もとてもゆっくりと上げて、その場の神聖なる薄闇に眩い光が一条差し込み、身を伏している女性へとあたり邪魔にならぬように細心の注意を払った。同時に、彼の眼差しは思わず祈祷台の方へと再び振返り、その時に目に入ったものは彼を非常に驚愕させ、垂れ幕の襞に息を呑みながら立ち尽くしてしまうほどであった。その同じ場所には今では別の人間が座っていた。いや座っていたのではなく、祈祷台の上に立っていたのであり、祭壇に背中を向けつつアンドレアスの方を遠くから窺っていて、身を前方にかがめて再度こっそりと振り返っているのであった。その女の服装は前の女のものと全く違っているというのではなく、前の女はほとんど有り得ないくらいの速さと静かさで去っていたということになる。そしてこの変わった方の女はやはり同じような慎ましく地味な色の服装をしていたのである。アンドレアスはここに来る途中に身分の高くない女性市民や娘たちがやはり慎ましくて同じような服装を身に包んでいるのを見たのだが、しかしここにいる女性は頭を布で覆っていなかった。彼女の黒髪の房は横顔にかかっていて、その振る舞いは先ほど打ちのめされたように身を伏していたあの女性と同じ存在だと取り違えることはあり得なかった。彼女は突然この場所にやって来て、音を立てずに席を奪ったのだから。彼女が何度も怒っているように辺りを見回して、身を屈めて肩越しに自分の怒りの視線が何を捉えたのかその様子を確認しようとするそれは、厚かましく子供っぽい振舞いだと感じられた。彼女としては自分に好奇心を持っている人を追い払い、逆に無関心な人に好奇心を呼び起こそうという気があるのかも知れなかった。そしてアンドレアスが現実的に彼女に背を向けてそこを出ようとしたら、彼女は自分の後ろから腕を広げて手招きしているような気がしたのであった。

彼は少し目が眩んだ状態で広場に立っていた。そして教会の中から誰かが出てきて、素早い足取りで彼のすぐ近くをサッと駆けていって、アンドレアスは微風を感じるくらいだった。その人間の横顔は若くて青白い様子であった。その人が急に自分の方から顔を背けてその弾みで彼の巻き毛が揺れて、彼の頬をそっと掠めた。相手の顔はまるで笑いを堪えているかのようにピクピク動いていた。忙しなく走っていると言ってもいいくらいの足取り、密着してきたかと思うと突然身を離す態度、それらは故意の振舞いではなくともアンドレアスにとってとても暴力的なものと感じられた。とはいえ大人による傲岸無礼な振舞いというよりも子供がはしゃいでいるようなものと思えたのであった。それでも大人のような体つきをしているのは確かであり、ほっそりとした足を動かせば履いているスカートがはためき、アンドレアスを後ろに置いて橋へと駆けていく、その肉体のやたらと大胆と言える自由奔放な様子はそうそう見られるものではない。それをみているとアンドレアスは、こいつは女装した青年なのではないかと一瞬思った。自分が見たところ余所者だから、好き放題はしゃいでみせるというのだ。しかしそれでもアンドレアスは目の前の光景の解釈を全て再度疑い、彼は娘か若い女性なのだと心の中で自分に言い聞かせた。彼女は小さな橋の上で立ち止まっており、まるで彼を待ち構えているようであった。その顔は十分綺麗なものと思えたが、どこか見下しているような様子も伺えられ、その態度はこいつは絶対に娼婦だなと思わせたのであった。だがそこには彼を突き放すよりも惹きつけるものがあったのである。彼はこの若い人とその小さな橋の上で相対したくはなく、かといって振り向いてみると通りには他に道があるわけでもなかった。それ故彼は勢いよく振り返って教会へと戻り、それによってあの女に自分は彼女を避けているのだという明確な意思表示ができ、それでもう自分の前からいなくなるだろうと考えた。彼にとって奇妙だったことは、教会の内部は静かで、さっきいた女性はどこにも見当たらなかったことであった。彼は祭壇のある所まで近づいて、教会の右側に左側にと目を向けて柱の後ろも伺ったのだが、なんら人の気配は感じられなかった。あたかも石の床が開き、身を伏していた女を呑み込み、その代わり同じ場所に別の人間を吐き出したかのようであった。

アンドレアスが再度広場に足を運ぶと、有難いことに橋には誰もいなかった。彼は道を戻っていき、ここにいる間にツォルツィが外に出たのを気づかないまま、自分がいまいる場所とは別の方角へと自分を探しに出たのではないかと自問した。真鍮製のノッカーがついた家の隣にある清潔そうな家が彼にとって、ニーナの家であると思われた。というのもそこのドアが開いていたからである。彼は中へと入っていき、一階にあるどれかのドアを叩いてニーナ嬢について尋ねて、それから上の階へと登って画家の居所について聞いてみようと思った。こういった思考を彼は慌ただしく巡らせたのであり、それというのも橋を渡ってから二軒目あたりで軽重な足取りと服装のはためきが再度聞こえてきて、誰かが自分をつけまわしている気がしたからである。玄関からすぐに階段があったが、そこをアンドレアスは上っていこうとはせず、家の管理人部屋かあるいは見つからなかったなら誰でもいいから探そうと思った。中には小さな庭があって、壁があたりを囲み、かなり上までの空間が広がっていて、辺りが葡萄の葉で覆われていた。深紅色の熟したとても美しい葡萄が垂れかかっていて、頑丈な木製の柱が葡萄葉の屋根を支えていて、柱のうちの一本には釘が打ちつけられていて、そこには鳥籠がかかっていた。その箇所の葡萄葉の屋根の下には隙間ができていて、子供が這って通り抜けるには十分な大きさがあった。そして上から日光の反射の光がそこを照らしていて、葡萄葉の美しい形状が煉瓦床にくっきりと映し出されていた。その場所はそこまで広くはなく、広間のようでもあり庭のようでもあるような空間であったが、暖かい空気と葡萄の香りと深い静けさが充溢していて、アンドレアスの入場などお構いなしに横木から横木へと飛び跳ね回っている鳥の静かな音ですらも聞こえてくるのであった。

突如、人慣れしていた鳥が驚いて勢いよく鳥籠の橋へと跳ね寄った。葡萄葉の屋根を支えている桁が揺れて、差し込んでくる光も弱まり、アンドレアスの頭上に、大人の背丈ほどの身長を持った男の顔が彼を覗いていた。黒い両眼とその周囲を白い光が照らしているその姿が一際目立っていて、アンドレアスの驚いている目や努力と興奮によって半分開いている口をじっと見ていた。相手の黒い髪の一房が、葡萄の間で垂れていた。全体が青白くなっているその顔は荒々しいまでの緊張感を湛えていて、ほんの一瞬だがほとんど子供のようなあからさまな充足感がその顔に垣間見えた。その体はどうにか軽い屋根の横木に持たせかけていて、おそらく足は壁に打ち込まれた鉤に、指は柱の端に掛けていたのだろう。今、その人の顔の表情が謎めくように変化した。どこまでも相手に同情しつつ、そして愛を込めつつアンドレアスの方に目を注いでいた。片方の手が葉と葉の間をかき分けつつ差しだされたが、それはまるでアンドレアスの頭に向けてその髪を撫でたいかのようであった。四本の指先は血がついていて、結局差し出したその手はアンドレアスに届くことはなかったが、その血の一滴の雫がアンドレアスの額に滴り落ちた。その顔は青ざめて、「落ちる」とその口が叫んだ。言葉にできぬほどの労力がただその一瞬を贖ったのである。青白い顔はまた赤みが戻り始め、軽やかな肉体が上へと跳ね壁の方へと滑り落ちていった。どのようにして地面の方へと降りられたのかアンドレアスには分からなかったが、相手の行く手を遮るために彼は前へと走り出していた。右側にある家だったに違いなく、そこから出てくるかあるいは飛び降りて庭に隠れているかに違いなかった。彼は家のドアの前に立った。そこはイルカのノッカーがついていた家で、それには鍵がかかっていて、押してもドアは少しも開かなかった。

彼はノッカーをすぐに鳴らそうとしたが、その時に中から足音が聞こえてきて、それが近づいてきていることに気づいた。彼の心臓はドクドクして、その鼓動がドアの向こうにも聞こえるのではないのかと思うほどだった。今までの人生で味わったことのない気分でいて、自分の周りにあるあらゆる秩序からはみ出ていた摩訶不思議な力が彼に初めて関係を求めてきたのであった。その不思議さの中にいるととても心が落ち着かないものと思った。その時、娘が草木のない壁をよじ登ろうとしていたのが見えた。彼女は指先で壁の割れ目にかける形で登っていて、彼の方へと迫ろうとしていた。彼女の両手は血に塗れているのが見えて、庭の隅っこに屈み込んでいるのが見えた。彼女は彼から逃げようとしていて、彼はそんな彼女の後を……。それ以上彼の思考は巡ることはなく、ドアへと向かってきた早い足音を聞いて、頭がどうかしてしまうような感覚になった。ドアが開いて、目の前に立っていたのはツォルツィだった。

「ぜひとも教えて欲しいのですけれど、私が見たのは一体誰ですかね」とアンドレアスは彼に向かって叫び、ツォルツィが答えるより先に、質問するより先に、アンドレアスは相手の側を通って玄関ホールの端にまで走っていった。

「どこに行くのですか？」とツォルツィが答えた。

「庭の方へ、どうかこのまま」

「この家には庭はないですよ。その向こうにあるのは防火壁です。そしてその後ろには水路が流れていて、更にその向こうはレデンプトールの修道院で」

アンドレアスは何も分からなかった。その地理関係が彼をごっちゃにさせ、彼は話して聞かせようとしたが、何も話せないことに気づき、自分が体験したことを話しても理解してくれないだろうと思うに至った。

「その人が誰であろうと」とツォルツィが言った。「街の中でその姿を見せてくれれば間違いなくその人の正体を暴き出してみせますよ。その人が変装した修道女だろうと、よからぬことで楽しんでいるお役人だろうとね」

そのどちらでも全くないことはアンドレアスにはよく分かっていた。彼は何も説明することができなかったが、実際は心の内部でどんな説明もしないようにしていたのだ。もう一度あの教会へと行くことができたら。彼の神秘的な敵でもあり友でもあり、尋常ではないくらい自由奔放で壁をよじ登り、上から獲物を見下ろしていた彼女は、もういないだろう。だが彼女の同伴者ならきっと見つけるに違いない。この二人の存在は、まるで手品師が赤ワインと白ワインを手品のように取り替えるが如く、片方がいなくなったと思えばもう片方が現れるというもので、お互いのことを全く知らないなんてありえないと彼は考えたわけである。どうして今までこの関係性に気づかなかったのか、不思議でならなかった。教会での探索があまりに軽率すぎるものと思え、壁の割れ目や落とし戸等、念入りに探索すれば必ず何かの跡が見つけ出せたはずであった。彼が今一人であったなら、すぐにでもそこに戻ることができたのに。教会で探索して見つけ出さねばという切迫する思いが、一度のみならず三回も四回も戻らせたかも知れなかった。こういうことは今までもよくあったことではないだろうか。置き忘れた手紙、手がかり、自分達がよく知っているそれを……。だがツォルツィは彼を行かせなかった。

「そんな変装したやつなんて今はほっときましょうよ。ヴェネツィアではそれとは全く別のことがあなたをお待ちしていますよ。そしてすぐにニーナのいるところに来て下さい、あなたを彼女は待っているのですから。上ではちょっとした大きなことが起きていたのですよ。カムポサグラード大公、その方は彼女のパトロンというべき人物なのですが、その彼がある鳥を生きたまま放り込んでその首をちぎってしまったのですよ。その鳥というのはダルレ・トゥレというニーナに崇拝するくらいに熱を上げているユダヤ人によって彼女に贈られた希少種な鳥なのですが、カムポサグラード大公は嫉妬と怒りに駆られてそのような行為に及んだというわけです。そしてハンガリー人の軍人もいたのですが、どうもこいつもニーナとの関係で怪しいと思い半殺しになるくらいに殴ってしまったわけですが、どうも何か勘違いして相手を間違ってしまったようで、なので今では警察がそいつを調査していて彼女の部屋も隅々まで調査されているというわけです。わかりやすく言えば、全てがもうメチャメチャな状態ですけど、新参者が運を築き上げる絶好のチャンスというわけですよ」

アンドレアスは相手の言葉を半分しか聞いてなかった。登っていた階段は狭くて暗く、方向を変えるたびにあの見知らぬ人がどこからか現れ出るのではないだろうかと期待していた。上に上がってニーナのいる部屋のドアの前に立っている時でさえ、彼女がふと自分の側を横切るのではないだろうかと思っていた。そのように大いに思考を巡らせていたことから、アンドレアスは暗い控え室に入って年老いた人間がその場に居合わせていて、そして更に快適な明るい部屋へと移動してそこに立っていたことに自分ではほとんど気づかなかった。今では疑いの余地なく明らかになったことと言えばあの二人の身振りの間には何か秘密の関連性があるのだということだった。身を伏せていた方の女性が懇願するように手を彼に差し出したのは、まるで若い女性が何かを合図しているかのようであった。あの不可解な存在の謎を解明しようとする緊張感、そして心に募る焦燥は彼にとってとても耐えられないくらいであった。ただ次のことだけが彼を落ち着かせた。彼女はほんの一瞬でも彼と二人きりになるために、どのように通ってきたのかは見当がつかないが、下にはおそらく水が流れているあの高い壁をよじのぼるという猫でもなければ誰もが諦めるであろう行為を行い、それで自分の指先に血が流れていてもほとんど意に介さず、実際にやってのけたのであった。彼女は自分をどこだろうといつだろうと、また見つけ出せるだろう。

彼らは部屋に入るとニーナ嬢がソファの上に座っているのを見て、とても静かで上品な姿勢をとっていた。彼女はとても明るい感じで、非常に愛らしいくらい優しそうな丸みを帯びていた。彼女の髪は色褪せた金のような明るいブロンド色で、粉はかけていなかった。見るものを魅惑させるように曲線を描きつつ互いに一つになっていた三つの要素があった。彼女の眉と口と手がそれで、彼女はその手を入ってきた客に対して穏やかな好奇心と大きな愛情を込めるかのように差し伸べた。

額縁のない一つの絵画が裏返しの状態で壁に架かっていた。キャンバスにはナイフによって刻まれたような切り傷があった。ツォルツィはそれを壁から取って持ち上げてじっと見ながら頭を振った。

「似ていることをどう思います？」と彼は聞いて、それをニーナの足元にあった腰掛け椅子に座っていたアンドレアスに差し出した。その絵は絵に疎い人が見れば彼女と非常に似ているものと思えるほどにニーナを描いていたのであった。だがその表情は冷淡で卑しい感じを醸していた。ただ少し上部に反り上がっていた眉はそういう表情であるからこそとても魅力的なものに映った。というのもその顔がほとんど純白であったからだ。彼女の首は口うるさい鑑賞者ならあまりにも細いものと思うかも知れない。しかしその上にある頭の描かれ方は、女性的なか弱さ等は無縁だということを鑑賞者を魅了するくらいにアピールしていたと言えよう。肖像画における眉は卑しげに決意していることを表しているようで、ナイフにより裂かれていたその首は肉付きがよく娼婦を思い起こさせた。目は厚かましく冷淡な炎を湛えつつ、鑑賞者にその視線をじっと注いでいた。これは出来の悪い肖像画の一つで、顔を描写するための必要な素材は全て揃ってはいるが、この絵の創作者の心があまりにも露わになっているという感想を浮かべることだろう。アンドレアスは突然心の内側が打ち震えたのであった。

「それを私の目に入れないでちょうだい」とニーナが言った。「それを見ているとムカついてキレそうになるわ」

「これは手直ししておきますよ」とツォルツィが言った。「そしてもう一枚新たに描いて、今度はヴェネツィア派の流儀ではなくフランドル派の流儀で下塗りしましょう。そうすれば前のよりも見映えが良くなることでしょう、そしてそれで両方の旦那さんから二人分の代金をいただくというわけですな。二人分貰えなかったら私は犬畜生としての価値しかないことになってしまいます」

「それで、あなたはこれをどう思うの？」と画家がその作品を持って消えていってから彼女はアンドレアスに訊いた。

「とても似ていて、とても醜いと思いました」と彼は言った。

「それまた随分なお世辞ね」

そして彼は黙った。

「あなたは今初めてここに来たばかりなのに、そんな傷付けるようなことを言ってしまうのね。男たちの方が力強くて、理解力もあって、声も大きいけれど、それは私たち女をいじめるためにあるのだとあなたも思っているわけ？」

「いえ、そんなことはありません」とアンドレアスは急いで言った。「私が仮にあなたの肖像画を描くとするならば、全然違う絵が仕上がりますよ、本当ですよ」。そう言った後も、彼はまだたくさん話したがっていた。というのも彼女が彼にとって非常に魅力的に思えたからだ。

だがツォルツィがいつこの部屋に戻ってきてもおかしくないという考えが、彼をまごつかせて結局押し黙った。もしかするともう十分に言ってしまったかも知れないが、自分では判断がつかなかった。というのも問題なのは言葉の内容ではなく、その話し方であり、眼差しであるのだから。

ニーナは彼を頭越しに呆然としたように目を向けていた。彼女の眉と同じく震えていた上唇は何かを待ち構えているようで、笑いを暗示してキスされるのを期待しているかのようであった。アンドレアスは無意識のうちに身を前方に屈め、その微かに開いた唇にうっとりしつつ目を向けていた。あの農家の娘であるロマーナの姿が眼前に思い浮かび、かと思うとすぐにその姿が消えていった。心を魅惑しながら、同時に不安へと駆り立てもする力が、そっと自分の心の中に沈んでいって溶け込んでいくのを感じた。

「私たちは二人きりですね」と彼は言った。「しかしいつまでこうしていられることか」。そして彼女の腕を掴もうとして伸ばしたが、結局は触れなかった。というのもツォルツィの手がドアの取手に触れているようだったからだ。彼は立ち上がり窓の方へと寄った。アンドレアスは窓を覗き込んで、その下には綺麗な小さい屋上庭園があるのが見えた。平らなテラスには植木鉢に植えられたオレンジがあり、百合や薔薇が木々に囲われながら育っていて、蔓薔薇が絡み合って一つの通路と園亭を形成していた。小さなイチジクが庭園の中央にあって、熟した果実すら垂れかけていた。彼は訊いた。

「あの庭園はあなたのですか?」

「いいえ違うわ、実際そうだといいのだけれどね」とニーナが答えた。「あいつら金にうるさくてね、向こうの持ちかけてくるだけの金は払えないのよ。もしあの庭園が私のだったら池や小さな噴水を設えるわね。ツォルツィができるっていうから。そして更に園亭にはランプを設置するわね」

アンドレアスは自分が近所の人たちのところに行って、その庭園を借りるだけの代金を机に並べている姿を思い浮かべた。そしてその賃貸契約書をニーナ嬢のところへと持ち帰る姿が続いた。彼の空想ではすでに屋上庭園の垣根を高くするよう指示を出していた。蔓薔薇と昼顔が軽い柱を絡み上っていき、小さな空間を生き生きとした部屋へと変え、その上には星空が差し込んでくるのであった。軽やかな夜風がそこをそよいで、厚かましい隣人たちの眼差しはここまでは届かない。小さな机には皿に置かれた果物があって、それは丸いガラス鐘の下にある灯の間に置かれていたのである。ニーナは軽い肩掛けをつけつつソファの上でもたれかかっていて、その姿勢は現実にいま彼の前でいる姿勢とほとんど同じであった。だが彼が彼女の前で立っている姿はなんと異なっていたことだろう。空想上で庭園に立っている自分が別人のような夢のような感じであったのだ。空想上では彼は決してたまたまそこを訪問してドアが今か今かと叩かれるのを怯えていながら十五分程度の面会しか許されないような訪問者ではなかった。彼は彼女の誠実な友人であり、この魔法のような庭の支配者であり、彼女の愛人なのであった。あたかも風琴の調べが彼を貫くように鳴り響くように、彼は漠然とした心地よい感情に埋没していった。彼はそのようなまわり道がどれほど不要なものであったのか少しもわかっていなかった。もしかすると次の瞬間にでも彼に幸福が授けられたかも知れなかったのだから。

「どうしたの、何を考えているの」とニーナは尋ねた。そして彼女の声には軽い驚きの念が込められているようで、ニーナがすぐそばにいることにハッと気づいた。その声が彼を再び現実に意識を引き戻したのであった。屋上庭園からは防火壁によって仕切られていた葡萄葉の屋根を見下ろすことができるのではないだろうか、そしてあの中庭とレデンプトール修道院の庭の間に流れている水路も見えるんじゃないのかとまた考えた。あの知らない女性のことをまた考え始めて、恐怖を抱き始めた。あの人間がこの世に存在しているので、どこかその者から逃げられないような心地がしたのであった。そういう気分でいると胸が締め付けられるような感じがして、なんとか身を守る術を見つけないといけないと思った。彼は部屋へと戻り、ソファに寄りかかって、ニーナの上に身を屈めた。彼女の上唇はその眉のようにほのかに弓形になっていて、微かな驚きで上にピクっと上がった。

「私が考えていたのは、あなたが以前住んでいらした部屋に、今自分が一人で住んでいるということです、そしてあなたがここに住んでいることも」と彼は言った。だがそうするうちに気分がより重々しくなっていった。「もし下にある小さな庭園があなたのものであったなら、ランプのついた園亭もそこに設えてあったなら、誰かと一緒にそこで暮らしたい気分ですよ。もちろん先ほど持ち運ばれた絵画の人と、ではありませんが。あの人とではどんな家だろうと、どんな園亭だろうと、どんな島であろうと一緒に暮らしたくはありません。そしてあなたは園亭もランプもそこに設えられない！」

彼が彼女の前で跪いて、その頭を彼女の膝の上に横にできたらどんなによかったことだろう。だが彼はさっきの言葉の最後の部分を冷たくてほとんど陰鬱なくらいの口調で全て喋ってしまった。なぜなら彼がどういう心境でいるのかを全て見抜くに違いないと思っていたからだ。

先ほどの絵画に描かれていたニーナについて辛辣で嘲笑するように話したが、それによって彼女は、あれとは別の種類の人間が今こうして自分の近くにいて、彼もその別の人間の近くにいるのだということに必ず気づき、このように言ってさり気なく強調しておけば今は庭園にはない園亭やランプを用意してくる心づもりでいることも悟ってくれるだろうという意図があった。だが同時に奇妙で陰鬱なイメージが彼の脳裏に浮かんだのであった。それは遠い昔の思い出であるとその時彼は思ったのだが、嫌になるくらいに何度も見てきた子供時代の夢の思い出であった。彼はあまりにお腹が空いていたのでパンを一切れ切り取ろうとして貯蔵室へと忍び込んだことがあったが、そこでパンの塊を身に寄せてナイフを手に取ったのだが、何度ナイフでパンを切ろうとしても空を切るだけであった。

彼のその手の動きには大胆さもなくそういう欲求もなかったが、それにも拘らず彼はニーナの手を握っていたのであった。その手の肉付きは程よく、小さくはないが華奢で魅力的なものであった。彼女はその手を彼の方に委ね、更にその指が微かだが圧迫するような力で彼のその手と合わせているように感じられた。彼女の目はどこかうるんで、その青色の目の内部が更に濃くなったと思われた。微かな微笑がその上唇にまだ浮かんでいるようで、その恐れているとすら見える笑いはそこにキスをするように求めているかのようだった。その合図ほどカッと深い怒りを湧き出させるものはなかった。他の人ならいきり立って、無礼な振る舞いに出たかもしれなかった。彼はまともに理性を保つことができなかった。これほどに単純で間近にあるものを彼はどう捉えてよかっただろうか！彼は自分が考えを向けているのは寄りかかっている彼女に対してではなく、彼女の人生についてであった。彼はパッと閃くように、彼女の母と父と兄弟姉妹の姿が見えたのであった。癇癪持ちの大公が、頭が血まみれであった鸚鵡を手に持っていて、ソファの書き割りがその姿を現していた。更にその横にはニーナに相当夢中になっているユダヤ人が頭をそっと割り込ませていた。彼はまるで従僕のような格好をしていたが、鬘はつけていなかった。そして弁髪をしていたハンガリー人の中隊長が弓形のナイフを握りながら荒々しい態度を振る舞っていた。ニーナを彼らから完全に離すためには、自分の所持金全部払ったとしても足りるだろうかと自問していた。そしておそらく一週間くらい、いや三日かもしれないと思った。そしてそれによって自分が文無しの乞食になったとしても、そんな一回こっきりの贈り物に何の意味があるのだろう。相応の礼を示そうというのなら、家賃を払ってやり、もしかすると部屋あるいは家全体を改装して従僕も、少なくとも侍女と下僕を一人ずつ用意しなければならなかった、と彼は考えた。するとあの従僕ゴットヘルフが彼をニヤニヤ笑っている姿が思い浮かんできて、その美しい瞬間は粉々になった。ニーナの手を離さなければならないと思い、彼はそっとその手を押し退けた。彼女は彼を見て、彼女の表情には幾分か驚きの念が混じっていたが、前のより冷淡な印象だった。彼は別れの挨拶を述べて、どうしてかは分からないがもう一度ここを訪問していただいてもよろしいかと尋ねた。

下の階に降りるとツォルツィがいて、例の絵画を紙に包んだまま脇に抱えていて、アンドレアスのことを待っていたようであった。アンドレアスはすぐに彼に別れを告げて、この男にあの見知らぬ女について話さなければよかったと強く後悔した。彼はツォルツィがその事について何も言及することがなかったのを見て安堵した。自分や他のことを嗅ぎつけるような眼差しをしているこいつにだけは何かしらそれについて触れてはならなかったのである。アンドレアスはまた今度ニーナ嬢のところへと伺うという旨を伝えた……。アンドレアス自身は自分のその言葉を信じていなかったが。ツォルツィが絵画を抱えて去っていくと、アンドレアスはまたあの通りを歩いて行って、飛梁をくぐり、橋を越えて教会へと到着した。

広場はさっきと同様に誰もいなかった。橋の下では空の小舟が微動だにせず係留されていて、アンドレアスはこれらの光景が自分を励ますためのものだと捉えた。彼は夢見心地な気分で足を進ませていって、それでいて全てがはっきりとしていたのだった。彼は苦しみ悲しんでいた彼女があそこに座っていて、自分が入っていくと、慄きつつ訴えるように自分に向かってその腕を差し出してくることしか頭になかった。そして彼は来た道を戻り、背後ではもう一人の女が同じ祈祷台から立ち上がって、自分を追跡するだろう。この神秘いっぱいの秘密は決して過ぎ去った過去のものではなく、絶えず円状に回っている存在であり、そして彼はその円へと戻っていき再度現実のものになることしか望んでいなかった。
彼は教会に入った。誰もいなかった。彼は再度広場へと戻り、橋の上に立ち、全ての家々を眺めたが人の気配は皆無であった。彼はそこを離れて、二、三の通りを抜けていって、少しした後にまた広場へと戻り、教会の横にあるドアから入っていき、石梁を潜っていった。誰もいなかった。

（未完）

エピロゴス

ソクラテス：作品が完成していないものに関して、君は価値があると思うかね。

マテーシス：論考関係のものだと結論がある程度明確に出ていれば、少なくともその部分については読む価値があると思います。エッセイに関しても、やはり作者の主張をある程度以上に読み取ることがあれば読む価値はあるでしょう。

ソ：なるほど、では物語関連を描いたものについてはどう思うかね？

マ：それに関しては判断が難しいと思いますね。まずどの辺で物語の流れが止まったかにもよりますし。「未完」というのですから、少なくとも物語の起承転結のうちの結末部分は書かれていないということになるのでしょう。結局物語というのは結末がどうなるのかを知るために読み進めるという側面が強いですから、それがないというのは大きな欠損とされても文句は言えないでしょうね。学術論文系も確かにそうですけど、それまでにあった考察やデータは何かしら役に立つといえばそうなので、物語系よりは大きく欠損されないことでしょう。

ソ：確か、君のいう通り未完の物語というものは価値を欠損させるといっても否定はできないだろうね。しかし私としては必ずしも価値を欠損させるものとは限らないと考えている。いやむしろそれによって価値を上げるものもある場合もあると考えているよ。

マ：それは具体的にどういうことでしょうか？

ソ：いや何、未完であることそのものが価値を上げるということさ。未完というのは言ってしまえば謎であるということだ。物語系作品の中には、物語自体は完成していたとしても、幾つかの事柄に関してはあえて謎のままにしたものがある。それが時には考察等の魅力を孕むこともあるだろう。作品それ自体が未完であった時も同じことが言えるのかもしれないね。その作品がその後どうなるのかという考察というわけさ。

マ：まあ確かにそれもあるかと思います。しかしながら、やはり未完の作品の大半は蛇蝎の如く嫌われるのが普通みたいですね。

ソ：基本的にそういう作品は創作者側の怠慢や力量不足等に起因するからね、後は言ってしまえば作品そのものが面白くないとか。しかしながらわずかとはいえ、未完であることによって逆に映えたという作品もあるにはある。そういうものの最大の要因は「謎」というものが芸術味に添えられているからだろうね。人においてもそうだ。人によってはその人の実像を詳細に全部知るよりも、ある程度謎を残したような、読めない雰囲気を放っている人間の方が魅力的に映ることもあるだろう。未完によって映える作品は同じような魅力があるのだろうね。未完の終わりに至るまでの筋書きでその物語の魅力に取り憑かれていてページをついついめくっていたら突然何の前触れもなく終わる。寝ている時に夢の中で自分の身が急降下していくような感覚に襲われて、突然跳ね起きて現実に戻るような感覚と似ているかもね。つまり言いようのない余韻を残すというわけだ。

マ：なるほど、だというのなら未完もまた芸術的手法と言えるのかもしれませんね。取り扱うのは大層難しいでしょうが。

ソ：まあ芸術に限らず、他人や興味対象物や人生についてもある程度謎があった方がいいのかもしれないね。何もかも知り尽くすというのは案外つまらないものさ。

訳者紹介
高橋 昌久（たかはし・まさひさ）
哲学者。
Twitter: @mathesisu

カバーデザイン　川端 美幸（かわばた・みゆき）
e-mail: bacxh0827.miyukinp@gmail.com

アンドレアス

2024年2月9日　第1刷発行

著　者　フーゴ・フォン・ホフマンスタール
訳　者　高橋昌久
発行人　大杉　剛
発行所　株式会社 風詠社
〒553-0001 大阪市福島区海老江 5-2-2
大拓ビル 5 - 7 階
Tel 06（6136）8657　https://fueisha.com/
発売元　株式会社 星雲社
（共同出版社・流通責任出版社）
〒112-0005 東京都文京区水道 1-3-30
Tel 03（3868）3275
印刷・製本　小野高速印刷株式会社

ISBN978-4-434-33028-5 C0098

郵便はがき

料金受取人払郵便

大阪北局
承認

1635

差出有効期間
2025年1月
31日まで
（切手不要）

553-8790

018

大阪市福島区海老江5-2-2-710

㈱風詠社

愛読者カード係 行

ふりがな お名前		大正 昭和 平成 令和　　年生　　歳
ふりがな ご住所	□□□-□□□□	性別 男・女
お電話番号		ご職業
E-mail		
書名		
お買上書店	都道府県　　　市区郡	書店名　　　書店 ご購入日　　年　月　日

本書をお買い求めになった動機は？

1. 書店店頭で見て　2. インターネット書店で見て

3. 知人にすすめられて　4. ホームページを見て

5. 広告、記事（新聞、雑誌、ポスター等）を見て（新聞、雑誌名　　　）

風詠社の本をお買い求めいただき誠にありがとうございます。
この愛読者カードは小社出版の企画等に役立たせていただきます。

本書についてのご意見、ご感想をお聞かせください。 ①内容について ②カバー、タイトル、帯について	
弊社、及び弊社刊行物に対するご意見、ご感想をお聞かせください。	
最近読んでおもしろかった本やこれから読んでみたい本をお教えください。	
ご購読雑誌（複数可）	ご購読新聞 新聞

ご協力ありがとうございました。

※お客様の個人情報は、小社からの連絡のみに使用します。社外に提供することは一切ありません。